**新安王** 衣服后襟上有黑龙暗纹,经了雨,便如活了一般。那龙张牙舞爪、踏云吐珠,与皇帝冕服上的图样竟一般无二。

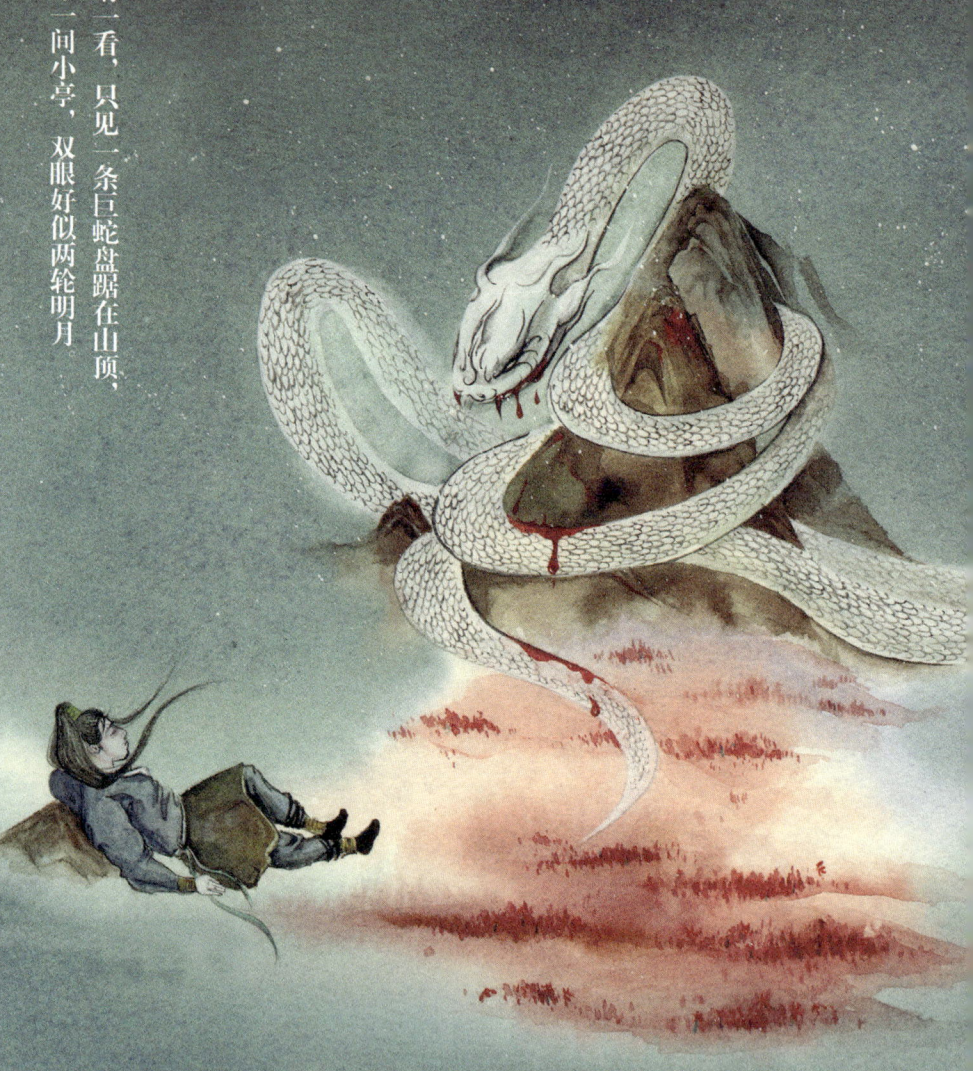

**桃花桥**

他睁开眼睛一看,只见一条巨蛇盘踞在山顶,头颅大得像一间小亭,双眼好似两轮明月。

**蜂房蜗壳**

他最后冲着青儿说：「娘子可曾真心喜欢过我片刻？」说完，就化作了一摊污泥。青儿跌倒在地，痴痴点头，说：「不是说要一辈子与我好么？」

**仓硕主**

一时风云聚会，天地无光，小猫化作一只青毛狮子，口吐黑焰，足踏红莲，立在彤云之上。

**鬼笛郎君**

析空手执一支笔,出现在二人面前,他问,北又在哪里呢?陆定向四面看去,但见天地十方都变成了「南」字。

**迷心**

他见主殿正中高台上端坐一人,峨冠广袖,碧眼虬髯,身后判官押司分立左右,又有牛头马面一干奇怪人物。

## 真心

梅山公令地上长出铁荆丛,困住大狐,丰四郎又射一箭,中在大狐胸口。大狐哀鸣,口中吐出血来。血落在地上,开出黑色花朵。

## 虎魄

茹楠看见西方星光忽然涨亮,奎、娄、胃、昴、毕、觜、参七宿化作一只白虎向高台跃来。待跃入台中,白虎化作一人,头戴通天冠,身着衮袍。

涂红娘子

涂红之魂离了躯壳,飘飘荡荡直向黄泉

**白骨术士**

大地裂开,有一具骷髅从地中钻出,他说:「阿七前来报恩。」

沙弥禅师

静素明毫不躲闪,将纷乱心意舍弃,直面巨斧。此时,无明之火从他的胸前跳脱而出,霎时燃遍全身

**法脉**

析空推门而出,茹林紧随其后,门外不是凌空高处,却是一片黑暗。茹林心中生出恐惧,他听见黑暗中寒风怒吼鬼哭狼嚎。

# 析空茹氏钞

余均平 著

中国友谊出版公司

图书在版编目（CIP）数据

析空茹氏钞 / 余均平著. —— 北京：中国友谊出版公司，2019.2

ISBN 978-7-5057-4596-4

Ⅰ. ①析… Ⅱ. ①余… Ⅲ. ①长篇小说－中国－当代 Ⅳ. ①I247.5

中国版本图书馆CIP数据核字(2019)第031168号

| | |
|---|---|
| 书名 | 析空茹氏钞 |
| 作者 | 余均平 |
| 出版 | 中国友谊出版公司 |
| 发行 | 中国友谊出版公司 |
| 经销 | 新华书店 |
| 印刷 | 北京中科印刷有限公司 |
| 规格 | 880×1230毫米　32开<br>8.25印张　149千字 |
| 版次 | 2019年5月第1版 |
| 印次 | 2019年5月第1次印刷 |
| 书号 | ISBN 978-7-5057-4596-4 |
| 定价 | 42.00元 |
| 地址 | 北京市朝阳区西坝河南里17号楼 |
| 邮编 | 100028 |
| 电话 | (010) 64678009 |

版权所有，翻版必究

如发现印装质量问题，可联系调换

电话　(010) 59799930-601

# 目录

序 玄幻奇葩《析空茹氏钞》/陈墨 1

引子 1
新安王 9
桃花桥 21
蜂房蜗壳 45
仓硕主 67
鬼笛郎君 81
迷心 97
真心 127
虎魄 153
涂红娘子 169
白骨术士 185
沙弥禅师 199
法脉 215
附录 225

# 序

## 玄幻奇葩：《析空茹氏钞》

陈墨

余歌的小说《析空茹氏钞》，是一朵玄幻奇葩。书名如古籍，内容讲古事，形式也依古法。小说引子中说："这故事最初是个和尚讲的，我来转述之。"附录明末茹慕川《绝命书》中说："辛巳年，尝得一禅门秘录，托高僧析空名……余简其趣者，摘尽謷牙，铺陈直述，录下话本十二，名之《析空茹氏钞》。"

所谓录下话本十二，是指除引子和附录外，正文有十二个故事，即《新安王》《桃花桥》《蜂房蜗壳》《仓硕主》《鬼笛郎君》《迷心》《真心》《虎魄》《涂红娘子》《白骨术士》《沙弥禅师》《法脉》。

十二个故事，各有其主人公，包括大德高僧、山精水怪，名门弟子、市井小民，以及青楼歌女、鬼卒天神；每个故事有各自不同的情节线索。但这只是表层，它还有内层，那就是，十二个故事有共同背景，即南宋时、古徽州；进而，它还有共同的主题，即平等众生，有情皆苦。更有意思的是，一个故事中角色，常会在另一个故事中再度出现，例如《桃花桥》中小桃的命运，到《真心》中才有最后结局；《涂红娘子》中涂红，早在《鬼笛郎君》中即已露面，在《白骨术士》中才有临终消息。茹楠、茹林的父亲茹成被杀，在《新安王》中立案，《迷心》中破案，到《法脉》中才真正了结。实际上，小说中有名号、有台词的角色，都会出现在多个故事中，角色相互穿插，将小说编织成一个整体：这十二个故事如同十二扇屏风，组成一个更大的徽州故事。高僧析空出现在所有故事里，万物有灵，变幻多端，真相全都在析空法师眼中。析空见闻，茹氏抄录，是从多种视角看，以多种方式说。有道是：

奇幻玄幻空幻，迷心真心无心。

色相变相实相，童话禅话史话。

一

先说童话。科学昌明时代，仍有玄幻故事流行，是因人类有童话需求。人类需要童话，是因人类想葆有童心，如尼采所说，每个成人的心底都藏着一个五岁小孩。以童心看世界，日月星辰、山川花木都有灵，是以，泛神论在人类童年时普遍流行。每个儿童都有与树交流、与云谈心、与鱼虫交友、与猫狗游戏的经历，在儿童世界里，无生物分类之隔，万物都可为伴，是以童心无碍，快乐无疆。

《析空茹氏钞》的最大特色，是它想象恣肆，奇幻连篇，有童话妙趣。

《新安王》故事是：新安江老龙王死，本应由其子横江王继位，不料老龙王之弟练江王觊觎龙位，先是篡改天帝的批准继位文书，继而对老龙王的血脉斩尽杀绝，小龙王只得逃入少年茹林房里避难，进而附着在茹林的衣衫上，逃过生死大劫，终继新安王之位。从此，茹林若要渡江涉水，便可喊小龙王来。小龙王虽然不断抗议茹林把龙王小爷当成私家仆役，但只要茹林召唤，他仍随叫随到。如此奇异玩伴，只有在童话中才有可能。不难推想，假如小龙王避难时遇到了已经成年的茹楠，就不会有这个美妙故事，因茹楠深信"子不语怪力乱神"；反之亦然，假如新安王不是小龙王，而是早已成年，那就不会与茹林结交。

书中其他故事，无不有奇思妙想。《桃花桥》讲述的是桃树精爱上男青年，《蜂房蜗壳》讲述蜗牛精娶美女为妻；《仓硕主》写官仓硕鼠自称仓硕主护卫官仓，《鬼笛郎君》说陆定鬼魂附郁佑之体；《迷心》中有人柳相恋、有奈河上妄想舟，《真心》中有兰花招赘、有山林里精怪群；《虎魄》是讲人得虎魄、人虎终结良缘，《涂红娘子》救龙王妻女、拒城隍求婚，《白骨术士》初通法术役使白骨、终明佛法愿随忠魂赴黄泉；《沙弥禅师》松山遇妖，无明火起，几度灵魂出窍；《法脉》中茹林随析空到黑暗王国，恐惧无疆，最后才自我完成，传承法脉。

万物有灵故事，当然好玩。更好玩的是，分别出现在众多故事中的三位冥府官员，即奈何桥、黄泉路、枉死城的三位主管：为转轮王镇守奈河的，是一条壁虎；为阎罗秦广王镇守黄泉路的，是一只蛤蟆；为卞城王镇守枉死城的，则是一只乌鸦。如此奇思妙想，颠覆了人们对冥府森严想象，如果把三个角色改编成动漫形象，会是怎样情形？想一想，大小童心定会乐不可支。这三位鬼官，位卑责重，权势熏天，得众鬼奉承，分别被称为"壁虎太尉""蛤蟆刺史""乌鸦太守"。他们是结义兄弟，出场时分别自称"壁老二""蛤蟆老三"和"乌老四"。

蛤蟆老三最好玩。他酷嗜音乐，身在鬼域，却到人世听涂红弹琵琶，包场客人不满，蛤蟆老三就很生气："我等鬼兄弟要来听曲，你何聒噪？"貌似强蛮，却不霸道，涂红邀他再来，他说不再来了，原因是"我蛤蟆老三在黄泉路上富可敌国，在阳世却给不出个听曲钱"。涂红死后，与蛤蟆老三在黄泉路衙门唱和多日，蛤蟆老三大乐"我老三掌管黄泉几百年，只这几日最痛快，娘子可愿长留在这阴间？"徽州城隍深爱涂红，求蛤蟆老三做媒，涂红死也不愿，这皮条客竟不勉强。(《涂红娘子》)这就难怪，在《鬼笛郎君》故事中，这个管鬼的蛤蟆刺史，会被岳飞部将陆定的鬼魂算计，只因陆定吹奏尺八，乐音美妙，蛤蟆老三如醉如痴，也不问他是谁，就给对方开路条，不料陆定尺八一挥，点中他的额头，将他打回蛤蟆原形，无法再幻化人身。更有甚者，陆定的鬼魂还将蛤蟆老三带回阳世，将他丢在枯井里。幸蒙草绳精鼓动郁佑家仆罗破虏相救，蛤蟆老三公权私用，赠罗破虏娘五年阳寿。蛤蟆老三不笨，性格尤为可喜，为破除陆定的鬼法，不得不求高僧帮忙，宗白头不在，他说，"你那师兄析空也勉强凑合"，析空避而不见，他立即改口："析空老菩萨，刚才老三说错了话，你法力无边，快出来搭救我。"析空立即现身，说他正在写字，还让他看，他看那书法东倒西歪、奇丑无比，竟把眼睛一闭，狠狠心说："王右军以后，你怕是八百年来书法第一了。"

壁虎老二也很有趣，他也爱音乐，不过不是听别人演奏，而是自己唱歌。所到之处有歌声："一生一场，醒醉膏粱，到头黄泉人独往，对影奈河鬼成双,颠倒梦想,付在泼天茫茫。"该老二做事有规矩,遵守明规则,当然也有潜规则。徽州城隍脾气大,将大侠区赤眉和刺客阿七打入阴曹地府,未经组织决策,不合明文规定,所以壁老二不敢违犯,不得不给两人指路,让他们回到人间。但"我壁老二,从来不白白指路"。于是就来潜规则,伸手索贿,阿七说他没钱,壁老二说留下一诺也可以。区赤眉不愿意许诺,不得不留下自己的名字。(《迷心》)乌鸦太守也是如此,当年厉鬼陆定心愿未了,不愿投胎,滞留在枉死城,聚拢旧部,乌鸦太守害怕他把事闹大,怎么办?写下路引,把陆定退回黄泉路,同时还送来十库金银作为押人之资。蛤蟆老三贪财,才有前述鬼笛郎君故事。更早些时,白骨术士元辰拦路,强行要替壁虎、蛤蟆、乌鸦算命,乌太守怒极反笑,说,"我乌老四从来都是勒索旁人,今天这也算是头一遭。"(《白骨术士》)《析空茹氏钞》中鬼府官员如此好玩,山林精怪更加可爱,只有童话,才有此妙趣。

## 二

再说禅话。禅话一说,需稍作解释。禅本无话,世尊拈花,迦叶微笑即是。佛法精妙不可言说,佛说:不可说。只能以心印心。《析空茹氏钞·引子》中就有:"静素明顿时开悟,哈哈大笑,之前所有的恐怖烦恼都消失了,他不发一言,用手指自己的心和析空的心。"问题是,修禅者不能不读经,经书即是言说;禅悟者不能不思索,思索正是无声之言;禅宗打机锋,寻话头,也都离不开言语。本书是和尚说故事,固然多世间俗语,紧要处却是禅话,以及禅意画外音。

　　禅话有多种。最常见的是偈语,如《白骨禅师》中仁宽禅师在崖山圆寂,同门静素明赶来为他举火,说偈语:"芥子藏须弥,白骨生烈火。天堂不去地狱去。咦!乃知法中无我。"要知举止轻狂的白骨术士元辰,如何变成心怀众生的仁宽禅师,即可从偈语中寻找线索。静素明也有故事,那是一段禅话俗讲,在《沙弥禅师》中,静素明聪颖超人,但却贡高我慢,自诩了绝尘俗,禅心最坚,以为能继承衣钵,师父宗白头说,"你若能令那牛顺从吃草,便得妙法。"静素明即按此修行,克嗔怒、断痴念,一路惊心动魄,直到他承认自己动无明、有杀意,终于见牛,牛说"我便是你的心"。这话有源,《阿含经》里以十二种牧牛方法,喻十二种调和身心要领;廓庵禅师写《十牛图颂并序》,比喻佛法修行的十个阶段。

　　《迷心》中,大侠区赤眉与他的徒弟刺客阿七,在阴间有一段对话。区赤眉问阿七:"我是谁?"阿七说:"尊驾是我的师父,名震天下的大侠区赤眉。"又问:"我做过什么?"阿七说:"师父惩恶扬善,行侠仗义。"三问:"天下可曾因我有些许改变?"阿七不语。区赤眉纵身投入河中,河水翻出白浪,转眼浮起一具白骨。

这段对话不是机锋,胜似机锋。析空和尚见了,说区赤眉是"执着于有名而死,执着于无名而死",又说是"因雄心而死,因迷心而死。"此言即是可参的话头,其中深意,比壁虎太尉的歌词可要奥妙得多。

佛言人生八苦、三毒,即是迷心之源。也就是说,《析空茹氏钞》中角色,大多是迷心生灵。《蜗壳蜂房》中,徽州人蔡大有女,一心要许配给富贵人家,标准是要有好房子,女儿哭诉说阿爹把女儿许给了一座宅子。蔡大一意孤行,坚持把女儿许配给蜗牛精,把蜗牛壳当作豪华房,结果黄粱梦断一场空。贪婪而蒙昧的蔡大,可谓世间房奴的精神肖像。析空和尚感叹:"蜂房蜗壳,都能令人疯狂。"《仓硕主》中,太仓令贪赃枉法,败露后又放火烧仓,硕鼠精则自命仓主、拼死护粮,如此人妖颠倒,似匪夷所思,实则如谢山所感:人不如妖。

真正美妙的禅话,并非"通过什么、说明什么"那么直白,更非"好便是了,了便是好"那么简单。书中最具光彩的人物,是《涂红娘子》的主人公,太白楼歌女涂红,言语间自轻自贱,骨子里自信自尊;看似无义寡情,实则满怀慈爱悲悯众生。因收留并救助练江龙王妻女,得罪于新安龙王,她竟以攻为守,主动会见新安王。新安王要她弹奏琵琶,她问要听什么,新安王戏谑说,便弹弹娘子的心情。于是,"琵琶响似疾雨,忽又如长风吹过五陵。碧树孤立,阡陌间,鲜花盛开。有少年赋诗,骑马扬尘。转眼便是坟丘,坟丘又被推平。

又有少年经过，停马在此间，吟起前人诗句。"这段美妙文字，写音乐也写禅，是乐话也是禅话。只可惜新安王不懂，正如他不懂涂红此前所说："人之寿百年而已，龙之寿不过千年。谁都难免一死，但正气却长存不亡。管家王侯权谋诡道，千古传颂的不是他们。"涂红幼遭离乱，饱经忧患，身为歌伎，阅人无数，洞察世间色相，看透历史沧桑。也只有她，才能说出这样的话，弹奏那样的心声。在这个故事中，作者并未让涂红宣讲佛法，更未让她皈依佛门，练江王妃愿化身涂红嫁给徽州城隍，涂红不入鬼籍，从此成为自由魂。直到明朝万历年间，新安江上，犹闻她的琵琶。龙王称她是故人，说明他已听懂，涂红的琵琶作禅音，那是生命自由的礼赞。

《析空茹氏钞》，是析空见闻录，也是茹林成长史。只不过，书中茹林成长故事并非实写，是隐隐约约，甚而虚虚实实。在第一个故事中，茹林年方十二三，到《涂红娘子》中，"茹林此时已十七八岁，将近成人，却仍懵懂天真"。茹林成长的关键，在最后的故事《法脉》中，淳熙三年，茹林因怠政被罢官，"此时茹林几乎已经长成，但究竟是少年"。想要成年，茹林要过一大关，于是来徽州见析空，书中写道："二人对面枯坐许久。诸天阁外，风吹过练江，抚过山巅的叶和雄鹰的细羽，将远处的牧歌和渔唱带来。析空开口说：'六哥想知道么？'茹林望向他，见他眼中深邃如夜。茹林感到害怕，不敢答应，也不敢否认。"析空说，"不能解脱的都是自以为刚强却其实怯弱的心。"害怕真相,恐惧未知,不能亦不愿担责,正是阻滞少年成长的最大关隘。终于,茹林鼓起勇气,随析空进入生死之间的中阴界,其实是茹林心灵潜意识深处。在析空引导下,茹林战胜恐惧,直面心魔,终于解脱,从此成人。《法脉》是地道禅话,却也是用象征手法,写出少年成长的心路历程。析空让茹林传承衣钵,并没有让他马上出家,而是要他"以戒为师,以有情万物为友"。可见书中禅悟,并非彻底否定人生。

## 三

再说史话。说《析空茹氏钞》中有史话,听起来难以置信:一部讲述鬼神精怪的小说,与史话如何沾边?但它确实有。只不过,这里的史话,并非寻常的真实历史记录,更非传统的帝王将相家谱,而是南宋时历史剪影及人类精神镜像。书中史话也不止一种,有难民史话,有民族精神史话,还有文化史话。

且说难民史话。小说时代背景明确,故事从南宋乾道三年,即公元1167年开始,是靖康年即1127年北宋覆灭、高宗南渡整整四十年后。其时,北方汉民避乱南迁,成为战争难民。徽州在江南深山里,不少难民在此寄居。这段历史很少被史家提及,这部书中却专门记录讲述。《桃花桥》中的程直,齐地历城人氏,在战乱中逃往徽州，"北人无田无地，倍受歧视。"这十个字，道尽北方难民的委屈忧伤。程直虽然勇敢勤劳，忠诚老实，事母极孝，待人热情，但因"一贫如洗，无人愿意将女儿嫁给他"。做了通判衙门公人，托媒人向当地居民蔡大提亲，想娶蔡大之女青儿，蔡大说，"他家北人出身，也敢配我女儿？"（《蜂房蜗壳》）只这一句话，即可见逃难南来的北人在徽州生活的屈辱凄凉。《真心》中叶五是东京人氏，五十出头尚未娶亲，当地无人愿嫁，只有当地兰花不歧视外乡人，将他招赘到梅山，成一段露水姻缘，三十年后"他想起一生，觉得浑浑噩噩，如同草芥蝼蚁，最得意快活的竟是多年前梅山中的数月"。这神奇故事，浸满北人难民血泪辛酸。涂红娘子也是北人，身为歌妓，自嘲"奴一个玩物，连人都不是"，看似无心无肺，实愤懑填膺："天地不仁，以至刀兵四起。男儿无能，以至北国沦陷。背井离乡的人朝不保夕，良家女沦落歌台舞榭，被世人所轻视。是天地轻贱？是男儿轻贱？是世人轻贱？还是我等轻贱？"涂红的弟弟是刺客阿七，她不愿相认，是担心自己轻贱身份影响了弟弟声名，还是怕弟弟刺客身份影响到自己生意，我们不得而知，却能领会姐弟漂泊江湖、相见不能相认的悲哀。徽州城隍神痴迷涂红，一心想娶她为妻，涂红生前死后都不答应，究其原因，当是害怕一旦嫁给了本地城隍，生生世世都不能回到故乡。书中无处不在的高僧析空，传说祖籍浚仪（开封），有人说他是岳王支系，有人说他是孔圣子孙，更有人说他是太祖苗裔，无论怎么说，都是地道北方人。生于北宋宣和元年，六年后北宋覆灭，又过一年，析空受戒出家。七八岁孩子出家，是因早慧还是为避难？不敢妄加猜测。谢方之祖、谢山之父谢坤认出析空时，竟跌倒在地，析空说："我去临安会见到许多故人，我不想与他们相认，还要谢小郎帮我周旋。"析空不愿见故人，或非无情，亦非超脱，而可能是：国破家亡痛深创剧，不忍回顾。

且说民族精神史话。南宋偏安一隅，山河破碎，国土分离，是战是和，北伐或是偏安，是南宋王朝的百年难题。小说中有几幅典型人物肖像，可作汉民族精神DNA样本。岳飞部将陆定战死沙场，即便做鬼，仍念念不忘北伐，在枉死城中聚拢旧部，日夜练兵，宣称"心忧家国天下，岂因生死移改？"。竟逃出冥府，来到人间觅知音，附魂于郁佑之体，这就是《鬼笛郎君》核心故事。郁佑是主战派，十岁时佩剑负弓，声称"汉子怕死，方使小儿封侯"。后受恩荫为秘书省校书郎，即上表宋皇，请求发兵北伐，恢复中原。人说是空谈误国，被罢官回乡，陆定阴魂附体、鬼迷心窍的日子，时哭时笑，喊打喊杀，成为徽州城的笑谈。高僧析空因陆定"忠直刚烈，强行降伏，于心不忍"，只得用计将陆定骗回阴曹地府。后来郁佑参加了开禧北伐，与金兵对垒时，每到深夜，定要到高处吹奏尺八，如山魈夜鬼，金兵闻之胆寒，称他为"鬼笛郎君"。郁佑是彻头彻尾的主战派，浴血沙场身未死，竟是死于宰相史弥远刀下。郁佑的大姐夫茹成，是另一路，他主持宋金和议，被刺客暗杀，头颅被挂在余杭门上，得天下骂名。世人头脑简单，以为主战者都是英雄，反战者都是国贼，然而茹成真面目，却非那么简单。他的小儿子茹林对析空说："阿爹曾对我说，朝纲崩毁，何言北伐？"（《仓硕主》）若儿子不宜为父作证，且听高望的证言："北伐二字，也就是那断了头的茹成和这郁十一念念不忘。"（《迷心》）这样说来，茹成和郁佑立场其实相同，只是策略路径不同而已。茹成受屈蒙冤，并不怨天尤人，却说，"如此，看谁还敢再行秦、童之事，天下正气可以不绝。"（《虎魄》）果然，茹成之死数日后震动天下。徽州街头田间便是村夫闲汉也要议论几句，说战说和，说忠说奸。有人笑骂，原是些麻木度日之人，如今反倒关心起天下兴亡之事了。在刺客阿七看来，天下竟因茹成改变。（《迷心》）这阿七，正是杀死茹成的刺客。多年后，阿七对茹林说："当初我愚蠢可笑，以为世上的正义非黑即白。不能理解你父亲的胸襟。如今想来，他令我敬佩不已。"（《法脉》）刺客这段话，足可证茹成有高贵品格。

南宋官场当然有另一种人。比如高望，此人是都城烟波诗社的成员，金国使臣到访诗社，"高望起身拂袖而去，言说不与金人同座"。（《迷心》）看起来，高望爱国之情溢于言表。此人当太仓令时，曾到徽州探访，郁佑大喜，拉着高望的手说，"哥哥为北伐大业看守社稷粮草，我很敬佩你。"（《鬼笛郎君》）殊不知，这位堂堂太仓令，竟监守自盗，与地方官员私相授受，足额报账，少额缴交，从中得利。转任户部，仍留下几个家仆在太仓，贪污如故。司农寺卿谢山查太仓，高望见贪事败露，竟让人放火烧了太仓！（《仓硕主》）茹成说朝纲崩毁，何言北伐，表明在南宋朝廷中，此类人肯定不少。这也不稀奇，古往今来，何时没有硕鼠？但硕鼠不是历史主角。《白骨术士》写到："陆秀夫负宋皇在崖山蹈海，数万人众从死。仁宽为之超度念经，法音震动三界。黄泉刺史前来接应，他对仁宽说：'来者太多，唯恐有失。'仁宽说：'我与你同去。'"这一历史场面，虚实参半，却写出了历史精髓，是表彰高僧仁宽慈悲大德，更是记述不灭不绝的民族精神。

最后说文化史话。小说附录《绝命书》，是茹楠、茹林的后人茹慕川在明末战乱中写给弟弟茹慕原的信，信中说明朝亡国，"奈何腐弊丛生，朽入骨髓，医者身死，不医偕亡。至有今日，气数使然……窃观之，朝廷命官、乡绅宿老、儒生士子背战逃城者，不可数也。而有寡妇荷食、屠户行伍、倡伶捐输。夫礼失而求诸野，方知古圣诚不我欺也"。又说《析空茹氏钞》"书中多云宋末往事，人鬼交杂，忠奸群像，大类当前。抚叹之，尧舜日短，桀纣年长。今之叹昔，后来者犹可复叹今矣"。又说："往宋之荒唐，犹今朝之糜烂。"作者以茹慕川的《绝命书》为本书作结，当是要说上面几段话。类似的话，唐朝杜牧《阿房宫赋》中早就说过："秦人不暇自哀，而后人哀之；后人哀之而不鉴之，亦使后人而复哀后人也。"一部中国历史如此循环往复，这就是中国文化史的重大谜题。茹慕川的《绝命书》，标注出历史的延长线，也是文化思考的辅助线。作者想必希望，这宝贵信息，有人能懂，进而思索谜题，拯救历史于轮回。

# 引 子

这故事最初是个和尚讲的,我来转述之。

在繁华又残酷的年代,铁与火之烙印犹未愈合,有人醉生梦死,有人视死如生。天下阴阳不明,善恶难辨,人心如鬼,鬼行如人。

有高僧禅居于浊世,嬉笑怒骂,示现变化,游戏人间鬼界。

遗憾的是,古代中国浩如烟海的文卷只留下了他的惊鸿一瞥,如同清风吹过长满浮萍的池塘,振起涟漪却没有留下倒影。

据《补遗新安志·卷九·仙释》记述,他生于北宋宣和元年,卒年不考。史书和方志上没有记下他的俗家姓氏,不过,有人坚称他是公子王孙。

建炎二年,他在徽州西干山太平兴国寺受沙弥戒,法名"析空"。

甲辰本《嘉泰普灯录》记载了宗白头禅师与析空的初遇。

靖康年,宗白头带着弟子北上会友,在汴京城外遇一担夫。

担夫说:"久闻禅师机锋无双,我虽害怕法威,但斗胆挑战,您可以勉强满足我的心愿么？"机锋是指佛教禅宗的信徒们通过智慧巧妙的语言相互诘问，来印证佛法中的"空"，领悟更高的境界。宗白头答应了他的要求。

担夫说："为众竭力，不无其劳。"世上没有人不在辛苦尽力地生活。这是一个非常妙的机锋。

这时，路上走来一个童子，随口答道："须知有不劳者。"世上也还是有不劳力的人啊。

担夫又说道："尊贵位中收不得时何如？"那些不劳力的人失去了尊贵的地位时，不还是要劳力么？

童子说："触处相逢不相识。"再次相见时，便不再认识他们了。

担夫说："犹是途中宾主，作么生是主中主？"这本就是人生的旅途中一场如互相做客般平常的事情，那什么人不会发生失去尊贵位子的情况，永做主人中的主人呢？

"丙丁吹灭火。"只有真正的禅师才能参透童子最后的一句话。书上说，宗白头大吃一惊，赶忙捂住了童子的嘴。依照天干地支的历法，那一年是丙午马年，而第二年是丁未羊年，丙午丁未都是注定会有动荡劫难的年份。

一切都已经晚了，担夫原来是魔罗所变化的。他听说宗白头的名声，想在这里折辱他，却败给了一个小童子。魔罗恼羞成怒，变化成一团烈火，飞向东京开封府。

宗白头手指童子对左右说："是子当传我灯。"禅宗把佛法的传承叫作"传灯"。宗白头认下这个童子做了传人。

《五灯会元续略》也记载了这个故事。只不过拦路发问的不是魔罗，而是金国大将完颜宗望。他被童子所恼，发兵攻破了东京城。《五灯会元续略》明指这个童子就是少年时代的析空。

对照诸史，把靖康之难归咎在析空头上，是多么的荒唐无理。只不过关于析空的记载过于稀少，便勉强将这个故事转录下来。

《广法宏德静素明禅师舍利塔铭》永乐残拓本中也有一段关于析空的记载。

塔铭中说：静素明禅师出身高贵，他年少时爱上了一个跳舞的伶人。中间有一段记述在战火中毁坏，不考。禅师出家后，常常把玩一只金铃。可以想见年少的禅师与爱人被强行拆散，而这只金铃便是伶人送给他的信物。

一日，沙弥静素明在大殿值夜。大殿供奉的是华严三圣，也就是释迦牟尼佛、骑狮的文殊菩萨和骑象的普贤菩萨。

半夜，静素明回忆起往事，心烦意乱，看见金铃，更想念斯人。

这时，一只老鼠爬上佛前的供养灯偷灯油吃。静素明大怒。铭中说："起，扑之，未果。"他入了魔，起了杀念，不过并没有成功。

静素明对文殊菩萨像下的那只泥胎狮子喊："你也算只猫，并且如同佛一样受我们的跪拜。当老鼠出现时，你就不能稍微尽一点自己的责任么？"

话音刚落，他就觉得眼前一花。再看，只见狮子消失了，文殊菩萨的坐像变成了立像，正对他横眉怒目。他很害怕因此受到惩罚。

那时的析空应该已经有了些智慧禅定的名声，所以静素明来找析空商量。

析空故作很为难地说："也不是没有办法，只是要用一样东西，你肯定不愿拿出来。"

静素明说："便是我的性命，也在所不惜。"

析空说："那倒不用，只要那个金铃。"

静素明应该是不会同意的，析空又是怎么让他拿了出来呢？其间的故事肯定非常精彩，但是塔铭故意略去了这一段，只写道：师付以铃。静素明交出了金铃。

析空拿着金铃轻轻摇了几下，屋梁上跳下一只黑猫来。

析空把金铃挂在猫的脖子上，猫一跃就跳到了文殊菩萨像的身前。

只听狮吼之声振聋发聩，文殊菩萨又坐在了狮子上。那泥塑狮子的颈项前多了个铃铛。

析空对静素明说："失铃得铃。"这也是一个机锋，析空把佛法也比作了一只唤醒众生的铃铛。

静素明顿时开悟，哈哈大笑，之前所有的恐怖烦恼都消失了，他不发一言，用手指自己的心和析空的心。这又是一个机锋，暗示：佛法精妙不可言说，从此可以"以心印心"。

静素明后来被称为"沙弥禅师""金铃禅师"和"狮子禅师"，是一位了不起的高僧。

中土关于析空的记载基本上就是这些了，海外还有一些传闻，不足为信，姑且也记下来吧。

正德初年流传在日本的《南海游记·鬼术卷》中记载婆罗洲白骨术的传人称析空为"不破祖师"，他们把析空的师弟仁宽禅师奉为"开山祖师"。宋朝灭亡的时候，仁宽禅师的弟子不愿做鞑靼人的奴隶，便带着法术远下南洋了。

仁宽禅师出家前是外道，也就是修习各种旁门法术的术士。他精通白骨术，能操纵白骨杀人于梦中。

仁宽出家后不久，析空就蒙召去临安觐见了宋皇。之后，他的名声如日中天。仁宽心生嫉妒，便带了酒去见析空。禅僧藐视酒戒，很多人都饮酒。

吃到半醉，仁宽问析空："师兄如此强大，不知有什么事物能令师兄害怕呢？"

析空说："告诉你也没有什么了不起，我害怕白骨。"

仁宽窃喜，心想：这不正是自己所擅长的么？

当天夜里，他便驱使白骨去惊吓析空，要让析空出丑。

白骨去了很久，也没有回来。仁宽感到不安，便亲自跑去察看。

只见满室月光下，白骨跪在析空面前，析空手抚白骨的头顶，诵唱《解脱经》。

仁宽被法音震动，也跪在他面前受法。

后来，仁宽问析空："师兄不怕白骨了么？"

析空说："为法忘形。"为了传法，便忘记一切了。

仁宽开悟，许下大愿，要普度众生。后来，鞑靼人的宰相伯颜久攻江南不下，便要请他们的国师作恶法。仁宽以绝大神通，五百里魇杀鞑靼国师。宋朝灭后，他圆寂崖山。

《嘉泰普灯录》里称宗白头"一灯三万里"。有一种解释是说他教出了三个名声万里的徒弟，也就是析空、静素明和仁宽。关于析空和尚的生平，更多的都是这些对只言片语的推断。

我下面要讲的这些故事虽已加考证，却不可当真。并且，为了能让它们有始有终，也有我杜撰的部分。就闲来听听吧，就让一切像是清风吹过长满浮萍的池塘。

我们的故事就要开始了，总得选个开场的时间，便在那大宋乾道三年的冬天吧。

# 新安王

茹林，字双树，是茹成之子，茹亶望之孙。茹亶望是宋皇驾前的同知枢密院事兼参知政事，相当于副宰相。茹林是名副其实的贵家公子。南宋乾道三年他大约十二三岁，正是少年。此时，茹成因反对北伐金国，已被人暗杀。茹成的长子茹楠正在徽州通判任上，茹林便追随在长兄身旁。

一日夜里，茹林在房中看书，正昏昏欲睡，忽听得有人在拍房门。他起身开门一看，门口站着一个身穿黑袍的小公子。这人身姿秀丽，眉目俊美非常，见了茹林便作揖不止。茹林心中诧异，茹家的府宅虽小，但也门院重重，这人突然出现在自己房门前非常可疑。他便问这人为何深夜潜入自己家中。这人自称是横江王，乃是新安王的嫡子。父亲死后，他被仇人追杀，流落街巷，不得已翻墙入院，希望茹林将他藏匿在家中。茹林想起自己父亲故事，心中恻隐，便让他进了门。

不多时，门外风雨大作，电闪雷鸣。此时正是隆冬，这雨下得却像是夏日。那黑袍公子听见雷声，失口惊呼："我那仇家来了！"说着，便躲到茹林身后。待茹林转身看时，他却不见了。不一会儿，雨停了。拍门声响起，门外问话，声音沙哑："可有人在房中？"茹林有些害怕，不敢回答。那人又拍门，又问，反复三次。最后，自言自语，说："这茹通判在练江上兴修水利，加固渔梁古坝，对我有恩。我不能在他家无礼，就暂且退去吧。"便不再拍门询问。片刻，风雨又起，雷声越来越远，不一会儿就停了。茹林想起先前那个黑袍公子，在房中反复寻找，也不见他的行藏，只得作罢。茹林拿起书卷，凑到灯前，未翻得两页，便伏在桌上睡着了。

第二日，仆从来请茹林用饭。茹林走出房门，看见院中泥土干燥，池塘无水，便问仆从昨天夜里可听见打雷下雨。仆从赔笑称，自己睡得死，不曾听见。茹林心中更加疑惑。

过了几日，茹林独自出外游玩，回程时赶上骤雨，被淋湿了衣服。街上有几个人在他身后指指点点。他心中诧异，便转身上前询问原由。那几个人吞吞吐吐，不愿答话。茹林便佯装恼怒发狠。那几个人见茹林是贵家公子打扮，有些害怕，便和他说，脱下外衣，一看后襟便知。茹林以为路人戏谑，不以为然，继续向前。走不多远，又觉有人在自己身后指指点点。上前询问，也说让他脱下外衣，一看便知。茹林本想回到家中再看不迟，没有想到围观尾随自己的人越来越多。只得找了个僻静的巷弄把外衣脱下验看。一看之下，他霎时惊出一身冷汗。衣服后襟上有黑龙暗纹，经了雨，便如活了一般。那龙张牙舞爪、踏云吐珠，与皇帝冕服上的图样竟一般无二。茹林无心耽搁，抄僻静小路回到家中。一回家，便让仆从在院里生起火盆，要烧化这件衣服。哪知，衣服才一放入火里，地下竟涌出一股泉来将火浇灭。茹林惊得手足无措。仆从没有看见衣服背后的龙纹，还奉承茹林，恭喜主人得了宝衣。茹林不发一语，将仆从遣散，独自将衣服埋在院中。他心中知道与自己前日里的奇遇肯定有关系，却不知究竟有何关联。而后怪事不断，他常常一觉起来，发现房里被翻得乱七八糟，但是门窗完好，闩锁皆在，也没有丢失什么东西。

又过了十来日，茹楠对弟弟说，他最近做了个怪梦，梦见练江龙王浑身是血来找他叫骂。龙王说茹家私藏窃取他龙宫印信的盗贼，如今他因丢失印信，已被斩首，他发愿要让徽州来年大旱。茹林越听越是心惊，与自己的事情一对照，后悔自己帮了盗贼。他不敢与哥哥明说，但是心里却放心不下。等到无人时，他跑到院中去验看那件被埋的衣服，却发现衣服不翼而飞。

茹楠不过将那梦当个奇事说给弟弟听，茹林却知道都是真的。第二年开春果然滴雨未下，徽州各地皆报旱情。茹楠是一州通判，管辖水利民政，为春种之事，忙得焦头烂额，天天待在衙门中，无空回家。

一日，临安来人，说是有要事和两兄弟商议。茹楠赶回家中，一见之下，认出是好友谢方。谢方此时任临安府的推官。他打开一个随身包袱，里面正是茹林的那件龙纹外衣。谢方说，有贼人去临安的一家当铺典当这件衣服，说是件火烧不坏水浇不侵的宝衣，要钱一百贯。当铺店主细细验看，发现了黑龙暗纹，哪里敢收造反的龙袍，当即便报了官。案子正审在谢方的手上。一顿大刑下来，那贼满口讨饶，招供说他原是茹丞相家徽州通判小相公的仆人，这衣服便是从通判府上偷出来的。谢方怕事情闹大，当堂喝止了贼人，将案子推后再审。然后，他寻了个由头，连夜坐船，从钱塘赶赴徽州。船行到徽州界内，山林瘦瘴，江流枯涸，谢方又弃船骑马翻走山路，一天两夜赶到徽州。

茹楠向谢方询问那贼的长相面容，正是府中三个月前茹林房中走失的小厮。茹林向兄长承认这衣服确是自己之物，又把那似真似梦的风雨夜之事和盘托出。茹楠听后大惊失色，起身向谢方连连作揖，又指着茹林骂道："你这蠢货，全家都险些要被你害死。"谢方忙安慰茹楠有自己在，这事不会闹大，到时将那小厮判个流放三千里，去那南蛮之地，便再也回不来了。茹楠又想起徽州这五百里旱事也是因茹林而起，便讲狠话，要把茹林沉江，献祭龙王。茹林看见兄长凶神恶煞般模样，以为真要拿自己祭神，吓得抖如筛糠。谢方沉吟片刻，向茹楠说，这事有蹊跷，既然练江龙王已死，司雨应当另有神明，岂是他说早就早的，不如请个高人来问问。茹楠火已发完，看见弟弟被自己吓得丢了魂一般，想起父母亡故，幼弟身世可怜。又出声安抚弟弟，万事有自己在，不必担心。茹林这才哭出声来，一再确认自己不会被沉江，把茹楠和谢方弄了个哭笑不得。

　　茹楠带着谢方回到通判衙门，找来幕僚，假意说："子不语怪力乱神，但是看当下情景，大旱已非人力所能解决。"有个程姓小吏便进言说："早便劝过小相公，徽州城外的水西寺里高僧云集，何不去一问？"茹楠大呼："早该如此！"连说数遍。茹楠和谢方连忙赶往西干山。水西寺便建在西干山上，也就是宋皇敕建的太平兴国寺，因为修建在练江以西而被时人称为水西寺。茹楠想找的是水西寺的住持——禅机无双的宗白头大师。过江时，练江早已断流见底，茹楠站在河床上，想起百姓受苦，长叹不已。谢方宽慰他几句，二人再无话，一直走到寺门前。

　　寺门前有个老僧在扫地，春发的新叶，因干旱又落了一地。谢方看那老僧的扫地法儿，忍不住嗤笑他，说："你这和尚，照你这样东边飘落一叶便东边扫一扫帚，西边飘落一叶便西边扫一扫帚，扫到天黑也扫不干净啊！"那老僧头也不抬，声音粗鲁，反问道："那照你看来，该如何扫？"谢方答道："待叶子落完，一起扫来便是。"老僧说："那叶子若是落不完呢？"谢方说："我们是来请宗白头大师解决这干旱之事的官人。等到春雨一下，自然就不会有干枯落叶了。"老僧哈哈大笑，说："何须除我执，便待雨来时。"然后，他就飘然下山去了。

茹楠心中急迫，不愿与这不相干的人搭茬，拉起谢方就直接进了寺门。他见到了个沙弥，便亮明通判身份，要见住持。那沙弥说，住持方才还在寺门前扫落叶，怎么一会儿就不见了。茹楠听闻此言，暗暗叫苦，腹中把宗白头骂了个千遍万遍。谢方忙追问沙弥，除了住持大师，寺监可在。沙弥说，寺监印真和尚正在待客，不便相见。不过，宗白头大师的徒弟析空和尚今天早上说，午后会来两个官人，与他有缘，可引来一见。只是，其中一个白脸的会在肚中暗暗骂他师父，让那个白脸的骂了多少句便在佛前磕多少个头，磕完就会现身相见。说完，那沙弥望着茹楠白净的脸不住地笑。茹楠本还想暗骂析空，又想他居然有这未卜先知、通晓他心的本事，硬生生忍了下来。

等茹楠把头磕完，从佛像后转出个年轻和尚。和尚的脸庞比茹楠还要白净几分，看着不像和尚，倒如贵家公子一般。他对那沙弥喝道："静素明师弟，你又在这里戏耍施主，这便要何时才能开悟成佛？"茹楠听他好大口气，开口就是成佛之事，不禁觉得好笑。那小沙弥吐吐舌头，嘀咕了句："你倒是装得像。"析空当作没听见，转向茹楠问："施主觉得我不能成佛么？"茹楠还未回答，谢方抢着说："大师能成佛，大师现在就是活菩萨。"析空哈哈大笑，让他二人安心回去，告诉他们今天定会下雨。

此时，茹林一个人待在家中，回忆这窝囊事情和茹楠说要把自己沉江的凶狠样子，又委屈地哭了一场。哭完后，发起狠来，想这衣服不怕水火，难道还不怕剪刀？找了半天也没有找到剪刀，便从房中找来一把裁纸刀，心中暗念，要把这个衣服撕成碎片。茹林举起裁纸刀正要下手，突然身旁一个声音大喊："使不得，快住手！"茹林觉得这个声音耳熟，环顾四周，发现一个人也没有，猛地想起这不就是那风雨夜中黑袍公子的声音么？他不禁寒毛倒立，哆哆嗦嗦地问："你在哪儿？"那声音叹道："我便在你手中，这衣服上龙纹就是我。"茹林见他不能作恶，立时放下心来，怒道："原来如此！你这妖怪，我今天非把你撕了。"那声音吓得调儿都变了，直说自己不是妖怪，一定是茹林误会了。茹林根本不听，眼看一刀就要下去。那声音急中生智，喊道："杀了我，这大旱就无救了！"茹林停了一停，问道："你这妖怪还会下雨？"那声音不悦，说："我哪里是什么妖怪？不是早就告诉过你，我是横江王，乃是新安王的嫡子，如假包换的龙君。"

原来去年冬天，新安江龙王薨殁。这横江龙王是新安江龙王的嫡子，本该承继王位。谁料想，老太妃想把王位传给自己最小的儿子——新安王之弟练江王。那练江龙王上下打点，去九天应元府里偷改了敕封龙王的诏书，又派出兵马要除掉横江王。横江王却提前得到消息，潜入新安龙宫，与自己的母妃里应外合，盗走了龙王司雨的印信。练江王提点兵马，搜遍上下五百里新安江各路水府，无所获，便怀疑横江王藏到了岸上。偶然间，他在徽州城里发现了横江王行踪，便一路追杀。横江王被赶得无路可逃，这才躲到了茹林的房中。他那时听见练江王电闪雷鸣般的脚步声，吓得半死，走投无路，只得铤而走险附身在茹林的衣服之上。没想到茹楠曾在练江上兴修水利，练江王觉得对自己有恩，不愿与茹楠为难，只派虾兵蟹将把茹府团团围住，料横江王也走不脱。准备第二天天亮再来登门造访。谁料想，第二天九天应元府就发现了司雨印信失窃。练江王此时已受封成新安王，立时被缉拿下狱，承担丢失印信之责。待到天庭法司讯问练江王时，练江王便供称那印信是被横江王盗走，而横江王就藏在茹林的房中。不想，此时横江王附身的那件衣服已被人盗走。天庭派鬼差几次搜寻了茹林的房间，都未找到横江王和印信，便将练江王治下罪来，判了斩首。新安江水域死了龙王，又丢了司雨的印信，这才让新安江两岸的徽州旱到今日。

茹林听横江王说完前前后后，被这阴错阳差、惊心动魄震得说不出话来，好半天才问道："你叔父已死，你为何还不从我那衣服上下来？"横江王嘿嘿一笑，说："得等一个人来。"茹林问："你在等谁？"

"他在等我。"茹林看见一个年轻的和尚站在面前。和尚双目深沉，如同两泓幽潭。茹林来不及想他如何能乍现在此间，只是下意识地问道："他等你做什么？"

和尚嘿嘿一笑，说："我也不知道，你问问那小龙王，他等我做什么？"

茹林还没有发问，横江王便迫不及待地说："这和尚，那九天应元府的雷声普化天尊知你有他心通，能知晓别人腹中所想之事，你与我去天上作个证，我不但能免罪，还能夺回新安王之位。"

和尚把眼睛一翻，说："我为什么要助你？"

横江王说："这和尚，你要什么，但说无妨。"

和尚说："这新安江中滩多水急，来往商船也不知道沉没了多少。龙宫之中财货众多。水西寺要新修一座佛阁，向龙宫化缘五十万贯。"

横江王为之气结，说道："把你那西干山买下来也不用五十万贯。"

和尚也不恼，淡淡一笑，说："不给就算了，那我便告辞了。"说完转身就走。

横江王吼道："给你给你，五十万贯就五十万贯，何必装什么要走路出门？"

和尚被他拆装也不恼，接着说："我还没有说完。"

茹林看见那件衣服此刻抖成一团，横江王的声音听来咬牙切齿：

"这和尚,还要什么,一并说来。"

和尚说:"还要在练江上修一座桥,方便我托钵行脚。"

横江王说道:"都依你,都依你。"

和尚哈哈大笑,拿着衣服走到院中,向空中一抛。霎时电闪雷鸣,半空中现出一个黑衣少年,瘦得形销骨立,却神采奕奕,双目放出精光。他手持一枚黄金印信,风云如千军万马一般向他身旁涌来。又是一声雷响!这少年将黄金印丢在空中变化成一颗斗大的珠子,旋即转身化作一条黑龙带着珠子乘驾风云飞到九霄空中。

暴雨倾盆而下。

这是茹林与析空的初见,我们的故事从此发端。

# 桃花桥

程直,齐地历城人氏。绍兴年间,他的父母从北方逃入徽州。时人称他们为北人。北人无田无地,倍受歧视。

程直少年时,坊间便流传他勇猛不凡,他自己却不以为然。程母眼睛生有翳膜,不能视物,痛苦不已。程直去求医,大夫厌恶他是穷苦北人,便说:"听说城北十里的梅山上有巨蛇。它的皮便能治此病。何必请我?"程直知道这大夫不怀好意,但身无分文又救母心切,便真的向那梅山去了。

到了山脚下,程直看到路旁的树洞里蜷缩着一个老头。此时已经入冬,山林寒冷。程直一试那老头,发现他身体已经冻僵,只有口鼻胸前还剩一丝热气。程直可怜他,便生起一堆火来,把老头抱到火旁,又把自己的衣服脱下来,盖在他身上保暖,希望他能活过来。过不了片刻,只见那老头伸了个懒腰,坐起身来,大呼:"这一觉好短,今年春天来得这般早么?"程直恭恭敬敬地告诉他事情经过。

老头喝道:"我分明在睡觉,谁叫你吵醒我!"程直敬他是长者,只是赔笑,并不反驳。老头又问程直,天色已晚,来梅山何事。程直如实相告,说自己母亲目盲,想剥巨蛇之皮为母治病。老头勃然变色,随即又仰天长笑,问程直可识得那巨蛇。程直摇头。老头说:"那巨蛇乃是钱塘龙王的庶子,活了六百年,长一百五十丈,能翻腾变化,吞食虎豹,摧山裂石,含吐烟云,是这梅山之主。你一个凡人怎么去取他之皮?我看你虽然蠢笨,但是良心却好。趁那巨蛇还未发觉,你早些离去吧,不要白送了性命。"程直向他作了一揖,说:"我生为人子,母亲受病患之苦,怎么能不尽力一搏就逃走呢?"程直看老头已无大碍,便把自己的衣服留给他御寒,执意要上山去寻巨蛇。老头长叹一口气,说:"可怜你是个孝子,又好意赠衣给我,我便帮你一回。"说完撕下一小块衣摆赠给程直,嘱咐他收好。程直见那衣摆虽然料子名贵,但是不成匹幅,并不值钱。他转念一想,毕竟是人家一番好心,就仔细收在怀中。

　　程直在山上找了一夜,也不曾找到巨蛇。天快亮时,他沮丧下山。走到半山腰,山间忽然刮起风来。程直闻到风中有股腥臊的味道。林中跃出一只花豹,将程直扑倒在地。程直暗想,此命休矣。他又想起家中老母,落下泪来,万念俱灰,只是待死。突然,只听得耳旁飞沙走石,那豹竟凭空消失了。他睁开眼睛一看,只见一条巨蛇盘踞在山顶,头颅大得像一间小亭,双眼好似两轮明月。巨蛇口中衔着那花豹，花豹发出凄厉的哀鸣。巨蛇一仰头便将花豹囫囵吞下，口中现出尖牙，闪着刀剑般的寒光。程直吓得魂魄离体，动弹不得。巨蛇吃完花豹后，就在山顶望着程直，既不吃他，也不离去。天放亮时，巨蛇嘴角一挑，像是冲着程直笑了一笑，便爬下山后去了。

几个樵夫进山砍柴，发现了程直。他手足僵硬，口不能言。樵夫好心，将程直背下了山。程直缓过劲来，向樵夫说起自己见到巨蛇之事。樵夫震惊不已，埋怨程直好不懂事，那巨蛇是山神梅山公，怎能来剥他之皮？

经历这般，程直自知取蛇皮无望，灰头土脸地回到家中。母亲问起程直为何一夜未归。程直便和母亲说了个大概，只是遇险之事不敢说。程母听完，掉下泪来，说，瞎便瞎了，如果程直再有个三长两短，叫她怎么活。程直羞愧得无地自容，只是在母亲面前不住磕头。突然，怀中掉出一物，巴掌大小，像是皮革，但又薄透柔软。程直想起怀中分明只有那老头的一块衣摆。他探手一摸，衣摆不见了。此物竟是衣摆变化而来么？

程直越想越怪，便找人来看。来人一见那物，大声称奇，对程直说："此物像是一段蛇皮，但是巴掌大的蛇皮居然还没有鳞片的纹路，莫非这蛇的一片鳞片比人的巴掌还要大么？"说完哈哈大笑，戏谑道，怕是只有传说中梅山的巨蟒才有这样的皮啊。程直听得冷汗淋淋，这才知道原来那老头就是巨蛇梅山公。他从头对来人说起自己的奇遇，把来人也惊得说不出话来。不一会儿，程直又哈哈大笑，说自己的母亲有药可治了。来人劝程直三思，说这蛇皮奇货可居，能值千贯万贯。程直正色说，钱财怎么能与母亲相提并论。来人羞愧，敬重程直人品，与别人谈论风土人物时，将此事流传出去。一传又传，程直纯孝无人再讲，提及他便说他能斩杀饿豹，生剥巨蛇。游侠豪杰、江湖奇士慕名从远地来与程直相交。程直每次都澄清原委。别人见他诚实谦逊，更加与他交好。

程直常与江湖人士来往，又是北人，一贫如洗，无人愿意将女儿嫁给他。至二十五岁时，尚未娶亲。程直有个好友，名叫元辰，黟县人，是个白骨术士。一日，程直与他闲聊，说起母亲催他娶亲之事。元辰说，此事不难，然后，从怀中掏出几片金叶子给程直。他对程直说，便是十个娘子也可以娶进家门。程直说，自己虽然家贫，但是不能白要旁人之物。元辰再三劝说，程直都坚辞不受，元辰只得作罢。他暗中用法术推算程直的姻缘，算完哈哈大笑。他告诉程直，不日便有桃花之运。

一个月后，程直在家中劈柴，突然空中晴天霹雳，有人惊呼。程直推门出去，见一个衣衫褴褛的人倒在他家门口。程直将人抱回家中，程母喂了那人一碗热汤，将人救醒。待那人开口答谢，程直才听出那人原来是个女子。女子自称小桃，是齐地人，与兄长一起结伴南逃。不久前，她与兄长失散，辗转来到徽州。徽州山川险峻，江河湍急，孤身女子长途跋涉不合常理。程直心中有些疑惑。程母听闻小桃身世，却深信不疑。她想起自己当年南逃遭遇，感同身受，落下泪来。程母看小桃孤苦无依，又是故乡人，便认了小桃为义女，收留在家中。程直没有多话。

小桃在程家住下后，便帮程母料理家务，汰洗打扫，织补做饭，样样拿手。程家原本过得捉襟见肘，自小桃来后，多了一口人，反而日子越过越好。程直晚上回家时，常能见到酒肉。程母见小桃会理家，更加喜欢她。有一天，程母问小桃，可曾婚聘。小桃犹豫了片刻，回答说，老家的父母订下过一桩亲事。程母很失望。

第二年桃花开的时候，小桃对程直说，她在老家学过一门手艺，能用桃花浸染布匹，让程直去布店赊些白绸白布来。程直去了布店。店主听说有人来赊布，不住冷笑，对程直说："做买卖向来一手交钱，一手交货，哪有赊欠的道理？"程直灰头土脸回到家中。小桃说："你便再去，说你愿出价一倍。"程直便又去了布店，店主听闻他愿高价赊欠，犹豫不决。此时，一个来买布的人认出程直，便对店主说："来赊布的是生剥梅山巨蛇的程直。他这般央求你，你也不愿赊与他，不怕他恼怒起来，剥了你的皮么？"店主吓得魂飞魄散，拿出一匹上好的白绸缎给程直。程直要按价立下字据，店主死活不同意，一再说送与程直。程直说："你不要我的字据，不怕我剥了你的皮么？"店主这才收下。程直回家将此事说给程母听。程母叹一口气，说:"诚实君子无人相信,这世间颠倒,便要恶人才好过活。"不一会儿,她又觉得此事委实好笑,哈哈笑出声来。小桃在一旁也笑了。程直见小桃明眸皓齿,笑起来好似春风中一树桃花,不觉地看痴了。

小桃忙了一夜。第二天程直出门时,她将一匹粉色的绸缎交给程直,并对程直说,这一匹绸缎可值白坯的三倍,让程直卖掉后,再买白坯回来。程直将信将疑,带着绸缎来到布店。店主对这绸缎爱不释手,问程直要多少钱。程直要三倍。店主愿出五倍。他说,一夜之间能染出如此鲜艳明丽的绸缎,程直不愧是能生剥巨蛇的勇士啊。店主又说,这样的绸缎今后有多少要多少。程直回家后说与母亲和小桃听,大家都笑了。小桃笑得尤其好看。

小桃不分昼夜染了一个月的绸缎,程直几次让她休息,她都不听。等到桃花将尽时,她染的绸缎已经价值二十倍难求。有临安府的达官贵人专门派人来徽州采买。一日,程直出门,小桃对他说:"哥哥不必再买白坯回来,桃花落尽了。"程直说:"你辛苦太久,如此最好。"小桃将那"桃花落尽"四字又说了一遍,竟然有些伤感。

程直将漂染所得交给小桃。小桃不受。小桃对程母说:"母亲对我有救命之恩、收容之德,这些钱财是我的报答。哥哥来日娶亲,这些钱财便与哥哥做个礼吧。"程母叹息小桃已有婚约,小桃几乎要落下泪来。程母又感慨,程家是北人出身,便有了些钱财,好人家的女儿也不愿意嫁进来。小桃说:"听说衙门里新上任了通判,是朝中茹丞相的嫡亲孙儿。他一个人初来乍到，想来急需帮衬。叫兄长去投奔他，一定能谋个出身。"程直自觉蠢笨，不愿前往。小桃一说再说，他才硬起头皮决定一试。

那新上任的通判名叫茹楠，是茹成之子，宰相茹亶望之孙。一日，他正坐在堂上，听得衙门口有人击鼓，便命左右将人带上堂来。茹楠升堂一问，那人一不申冤二不告状。茹楠不悦，问他为何击鼓。那人便是程直，他回答，为了投奔茹楠而来。有左右差人低声告诉茹楠，这程直能生擒饿豹，活剥巨蛇，乃是徽州第一猛士。茹楠大喜，将程直引入后堂，便问起程直勇猛之事。程直据实相告。茹楠虽然心中惋惜程直不是猛士，但见他诚实端重，也觉得可以一用，便让程直在自己身旁当散从。

一次，程直偶尔在家中说起件衙门中棘手之事，小桃立即告诉了程直一个巧妙的法子。程直再有难事，便会先询问小桃。程直的差事越做越好。茹楠有事，也会找程直商议。程直常常当时对答不上，但是第二天一定能剖析清楚。茹楠不知是小桃所教，以为程直遇事谨慎小心，深思熟虑，就更加器重程直。

乾道四年春，徽州大旱。茹楠日夜不分，开渠调水，安抚百姓。程直也忙得焦头烂额。但是旱情丝毫不见好转。一日，茹楠感叹："此旱莫非无治？"程直说："也许是鬼神作怪，何不去问问水西寺里的高僧？"茹楠世代簪缨、诗书传家，不论鬼神，当即便斥责程直:"公堂之上怎可弃正行邪,蛊惑人心?"程直羞愧而退。小桃听说此事,对程直说:"哥哥不曾说错,茹通判必要去那水西寺才能解得此旱。"后来,果然是新安江龙王丢失信印,不能兴云布雨,才引发旱情。茹楠请得水西寺的析空和尚出马,便了结了此事。茹楠从此将程直引为心腹,任他为押衙。

小桃得知程直升迁,欣喜异常,一连数次恭喜程直。程直说:"妹妹不须如此,为兄愚鲁,升迁皆因妹妹才智。"小桃说:"哥哥诚实谦逊,当有此报。"程直说:"不知妹妹可还有什么要嘱托与我?"小桃想了又想,最后说:"哥哥在衙门当差,江湖人物不宜再深交往来。"程直愣了一下,然后便诺诺应了。其后,他渐渐疏远元辰等人。元辰几次约程直吃酒,程直皆推托说衙门有事,不去赴会。一日,元辰几人在街头偶遇程直,便硬要拉他去酒肆闲聊。程直搪塞,不愿前往。元辰正色问道:"程家兄弟,我等可有负你之事?"程直说:"不曾有。"元辰又问:"那为何不再与我等相处?"程直不善撒谎,便说自己已在公门,不便再往来。元辰冷笑说:"你哪有这般细腻心思,定是你那桃花教的。"

当天半夜,程家周围似乎涌来千百只老鼠,到处都是吱吱唧唧的鼠叫。程直在衙门值守不在家。小桃早已服侍程母睡下,此时正一个人枯坐在油灯前。她听得这鼠叫,知道是有人找上门来。出去一看,哪有什么老鼠,门口只站着一个白袍人,口中含着一枚骨哨,那鼠声便是这哨子发出的。那白袍人问小桃："你可知道我是何人？"小桃说："知道，你是白骨术士元辰。"元辰微微一笑，说："你为何让程直不再与我等来往？"小桃说："你取人骨兽骨做成法器，修炼神通，有伤阴德。我哥哥正直君子，自然不应与你们来往。"元辰冷笑，说："你是怕我们知道你的来历，告诉程直，你便不好再装扮什么柔弱女子待在程家吧？"小桃大怒，对元辰说："你不是我的对手，快逃吧，免得送了性命。"元辰说："你自己死在眼前，就不必担心我的性命了。"说完就离开了。

第二天程直回来，见小桃坐在厅堂里，发髻散乱，满脸泪痕，竟似哭了一夜。他忙问何故。小桃说："想起故乡亲眷，悲伤落泪。"程直一声叹息。小桃又说："我已有婚盟，如寻不到夫家主人，怕是一世不能再嫁人，只孤独终老。"说完又落下泪来。程直说："妹妹如若不弃，可跟随我家一世。"小桃说："哥哥如今尚未娶亲，将来嫂嫂过门，哪里有我的地方？"程直想了一会儿，说："便不娶亲，与小桃如此一世，也可。"小桃凄然一笑，说："有哥哥这一句话，便死也无恨。"

又过了几日，知州孙放鹤在公堂上打了个盹儿。梦中见一只大龟驮着只坛子爬上堂来。大龟口作人语，自称是新安龙王驾前的三司使，龙王应允水西寺析空和尚在练江上施造一座桥，特来请孙知州相助。他背上的一坛黄金是修桥之资。说完，大龟就消失了。孙放鹤从梦中惊醒,召来通判茹楠、六曹部属商议此事,一连几日都议不出结果来。茹楠将事情告诉程直,程直也啧啧称奇。小桃得知后,猜那黄金就在公堂的地砖之下。茹楠领着程直将地砖掀开,下挖三尺,果然掘出一坛黄金。知州再不敢怠慢,着令工曹张青督办修桥之事。张青是个文弱书生,茹楠便把程直派给他当助手。

程直接到差事,暗暗叫苦。任谁都知道,造桥修渠都宜在冬春进行,一来农闲时节人力充沛,二来江河干枯方便工程。此时已是初夏,洪水将来,鲁班也难在此时造桥。张青倒是浑然无畏,对程直说:"孟子曰:虽千万人吾往矣,奈何一桥乎?"程直只能苦笑。

说来倒也奇怪,这桥修得异常顺利,下石打桩便像是在平地上一样容易,不到一月,已经立起四个桥墩。程直一日正在江边监工,看见远远地走来一个穿青袍的小公子。那小公子生成唇红齿白,正是那茹通判的亲弟,茹林,茹六郎。程直向茹林见礼,问他今天为何有空来此。茹林一笑,说他要渡江去拜访水西寺的析空和尚。茹林又说,等到程直将桥修好,便不必麻烦乘船,去西岸就方便了。程直说,这桥修得有如神助,江水都在帮忙,修好指日可待。茹林哈哈大笑,说:"可不就是有神助,你修桥花的可是龙王的金子。"说完,茹林便上了岸边的一条小船。程直纳闷,自己在这江边大半日,怎么一直没有发现此间停了一条小船。他再定睛看去,那船头立了个穿黑袍的小公子,眉目如画,风神秀彻。程直心想这人怎么长得像神仙一般。

　　立在那船头的正是旧日的横江王，如今的新安龙君。茹林曾救过他的性命。他见茹林上船，不高兴地说："你倒把我当作你家小厮了，过个江又要我亲自来接。"茹林满脸是笑，说："便只有你这船稳当，不摇不晃，坐别人的船，我便犯呕。"小龙王说："那也不用三天两头过江，我便没有事情只伺候你么？"茹林说："你是不知，那析空和尚实在有趣，和他说话，便觉神清气爽。"小龙王曾许诺五十万贯给析空和尚修一座佛阁，如今钱尚未筹齐。他想到此，心中不快，说道："我不知？那讨债的饿鬼！要命的菩萨！"茹林哈哈大笑，说："你欠他的钱还没有凑齐么？你与本公子好好摇船，到时候我帮你与他说说好话，饶你个十贯八贯。"小龙王生了气，不再搭理茹林。茹林撇撇嘴，后悔自找了个没趣。那船无桨自行，向对岸驶去。

　　船行到江心，只见两岸青山如画屏，江水平波如镜，连接长天，一碧如洗。茹林大声赞叹造化神奇。话音未落，突然乌云卷集，狂风大作，江水打起漩涡。修桥的石材木料落到水中击起一丈多高的巨浪，几个匠人也失足跌入江心，岸上水里乱作一团。片刻，豆子般大小的雨点下了起来。茹林躲在船舱里，听得雨点敲舱篷发出擂鼓般的响声，哆哆嗦嗦地说："小龙王，就算我方才说错了话，你也不必到这江心来吓我！"小龙王立在船头，眼睛死盯着江水，冷笑道:"我没这么大吓人的排场!"

雨越下越大,茹林觉得像是江水从头顶倒悬下来。突然,小龙王大喝一声,化作一条黑影,钻入水中。那船失了龙王,便坏了神通,如一块破布在水中被来回撕扯。茹林在船里呼天抢地,眼泪都要流尽。一个浪打来,茹林觉得心肝都要吐了出来。然后,一个浪接一个浪,小船被抛到了半空中。再落下来时,茹林感到眼前一黑,便晕了过去。

醒来时,茹林发现自己全身湿透躺在岸边。他挣扎着坐起来,看到两岸树木倾倒,崖石坍圮,江中的桥墩已经荡然无存,到处都是破碎景象,又想起自己死里逃生,放声痛哭。"就知道哭,哭有何用?"小龙王站在茹林身后冷冷地说。茹林转过身,看见小龙王,哭得更加厉害,说:"这都怨你,为何下如此大雨,让我差点丢了性命。"小龙王说:"这雨不是我下的。"茹林奇道:"你是这五百里地的司雨龙王,不是你是谁?"小龙王说:"我叔父练江王有个拜把的兄弟,是条得道的鲤精,如今在九天应元府做兵马元帅。练江王篡位身死,鲤精因此对我怀恨在心。方才便是他来寻我的晦气。"茹林说:"你是龙王,还打不过一条鲤鱼?"小龙王怒道:"本来我都胜了,还不是为了救你!"说完,扭头就走。茹林见他如此美妙人物,却走得一瘸一拐,知他负了伤,后悔说错话,忙赶上前去,作揖赔礼。小龙王理也不理,说:"找你的和尚去吧,不必管我。"

说完就跳入江中。

茹林心中觉得委屈，在江边默默站了许久，直到身后有人唤他。来人是析空和尚的师弟沙弥静素明。他见茹林狼狈样子，吃了一惊，说："还真被师兄说中，你果然落水了。"他忙引茹林上山，到寺中拿了一套干净的僧衣与茹林更换。待茹林一身沙弥打扮与析空相见时，析空哈哈大笑，说："便再剃个光头，就更加好了。"茹林说："你还要取笑我，差点命没了。"析空说："你有龙王在身边保护，怎么可能没命？"茹林叹一口气，说："今天我错怪他，他已经不理我了。"析空又笑，说："下回我告诉他，六哥说情，就少要他十万贯，可好？"茹林一笑，说："那就谢谢活菩萨了。"说完，却又神色黯淡下去，叹气不已。析空有他心通，知道他担心程直修桥之事。便说："此事确实麻烦，不过不干六哥的事情，不必担心。"茹林说："你便不能出面降伏鲤精么？"析空说："那鲤元帅是天庭正神，又不是什么山精野鬼。我一个凡夫俗子、寻常比丘与他作对都不敢，怎么能去降伏他？"茹林嘟嘟囔囔，说："也不知道谁一天到晚自比菩萨、老佛的。"静素明在一旁听得好笑，说他倒有个取巧的法子。析空叹一口气说："师弟，你可要想好再说。"静素明说："命中劫数，我说与不说，又有什么分别。"析空又叹一口气，不再说话。茹林听了个云里雾里，央求静素明快说。静素明说："那鲤元帅与龙王不同，不是天生的神仙。当年做妖精时，惧怕之物多得很。如今虽然做了神仙,但是难免还是害怕。便找一物,镇在那桥墩之下,可保无事。"茹林又问找何物。静素明笑着说:"你自己想去。"茹林再怎么求他,静素明都不说。茹林怪他话说了一半,赌气便要走。析空倒也不留,只说,他送茹林一程。

二人走到江边,茹林这才发觉天色将尽,再经过方才那一场暴雨,现在渡船全无,着急得直跺脚。析空让他少安毋躁,将手向江心一指。只见江水向两旁分开,露出江底的水草砂石,竟成了一条大道。析空对茹林说:"我便送到此处,六哥自己过去吧。"茹林震惊不已,说:"你果然是活菩萨。"想了一想,又问:"你有如此本事,何必要龙王帮你修什么桥?"析空说:"两岸百姓舟楫劳苦,当有此桥。"茹林这才恍然大悟,和析空告别。

茹林走到对岸,回头见析空还在原地,就又冲他挥手。析空双手合十应答,江水立即恢复如常。茹林观看来路,觉得像做梦一般。程直此刻还在岸边,见茹林平安归来,拉着他问长问短。茹林便将事情来去都对程直说了。程直听后,为难地说:"到哪儿去寻这宝贝物什?"茹林安慰他,也不必当真,说不定那鲤精只来此一次,这桥从头再修便是。程直说,但愿如此。

夜里,程直回到家中。小桃见程直闷闷不乐,便询问他缘由。程直将白天的事情说了,工匠伤了七八个,民夫更多,这一个月算是白做了,今后更不知道该如何。小桃宽慰他,说,吉人自有天相。

程直叹一口气,说,捣鬼的就是天神,又把茹林的话说了,感慨到哪里去寻什么降妖之物。小桃听闻降妖之物,霎时变了脸色,很快平复如常,也为难地附和道:"是啊,哪里去寻?"程直看她也为难,便想开个玩笑,逗她开心,说:"这世上还有小桃也解决不了的难题么?"说完之后,看小桃不回应,就又觉得并不好笑,自己勉强笑了几声。小桃默默无语,一个人坐了好久。

其后一个月,江水上涨,修造更加艰难,而且工地上常有怪事,有时一夜之间,工具材料便像飞了一般,消失得干干净净,便是勉强垒一个桥墩,转眼就被大水冲成无踪无影。工程进展缓慢,时开时停。工曹张青被知州斥责,转身便来训斥程直。几个匠人、民夫为程直抱不平,张青便下令杖打。工地上人心涣散,程直天天郁郁寡欢。

一日,烈日当头,张青早乘凉去了,程直便也放了众人的假。他与几个领头的匠人围在树下闲聊,也尽说些泄气的话。这时,远处有一个小贩挑着一担桃子走来。程直见桃子鲜艳欲滴,便从怀中摸出几个钱来,唤那小贩过来。小贩见未进城生意便开了张,满脸是笑,不住地和程直夸他的桃子,只说得天上有地下无。程直被他逗得高兴,便将一担桃子都买了下来,分与众人。小贩欣喜异常,不住地向程直道谢。走时,他又从怀中摸出一把三寸来长的小木剑赠给程直。程直不解。小贩解释说:"这小木剑是我摘桃时顺手削的。

故老相传桃木能避邪驱妖，将它配在身上，寻常妖物不能近身。"程直叹一口气，说："我们犯的不是寻常妖物，这剑怕是不顶用处。"小贩又说，那便去寻一棵千年桃树的木心。程直忙问："你可当真？"小贩不敢应承，忙说，也是乡野传说，请程直自己斟酌。

那天程直无心再做事，便早早回家，一路上都在想那千年桃木心。不留神，与一人撞个满怀，抬眼看时，发现那人竟是元辰。二人许久没有来往，程直想起上次不欢而散，竟有些尴尬，向元辰作揖行礼，问他近来可好。元辰说他向来很好，只是担心程直这几个月不好过。元辰说得情真意切，且又点中了程直的痛处。程直想起往日情谊，又想起自己发达便舍弃朋友，如今造桥耗资巨大、数月无成，自己已成满城笑柄，前途无望，元辰还对自己关切如常，更觉无地自容。他邀元辰去吃酒赔罪。

二人酒到半酣，程直将自己这数月经历悉数告诉元辰。元辰只是吃酒，不愿再多谈那造桥之事。程直突然想到元辰也身有法术，便问元辰，那千年桃木心果真可以降妖么？元辰叹一口气，说："并非我不愿告诉你，只怕你将来怨我，故而不说。好多事情今日再说已然无用，你自会明白。"程直见他不愿直言，以为元辰还在生自己的气，又转念一想，元辰上次提及小桃，莫不是生小桃的气？便邀元辰一同回家，说，让小桃向元辰当面赔礼。元辰又叹一口气，说："我已不再生气。你家正有客人，此时我不方便去，吃完这盏酒，你也早些回去吧。"程直见他如此说，便将酒一饮而尽，起身离去了。

待程直走到家门前，见到门口停着一顶凉轿，四个轿夫恭恭敬敬地立在轿旁。那些轿夫个个身高八尺，体壮如牛。程直暗想：这是来了什么样的客人，家中下人竟比知州家的还要体面些。走进厅堂，他见一个富贵妇人与程母坐在一起，正聊得起兴，小桃在一旁端茶送水。那妇人看程直进来，站起身来，与他相见。程直仔细看去，那妇人生得奇丑，眼如绿豆，耳大招风，鼻宽口阔，偏又擦脂抹粉，满头金玉，绫罗绸缎，俗不可耐。程直施了一礼，便请教妇人来历。程母说："这竹夫人便是小桃的婆家长辈，菩萨保佑，今日终于寻来了。他家把城西的竹山都买了下来，家大业大，小桃以后要享福了。"程直忙向小桃道喜，却见小桃脸上愁容一闪。竹夫人对小桃说："人也回来了，你也见着了，便随我回竹山吧。"程直大惊，说："这即刻便要走么？"竹夫人说："我家已备好一切，单等新娘子去成亲。"程直说："我家却不曾准备，连新衣都没有给妹妹做一身，更不用提首饰嫁妆。这今天便出嫁，可如何是好？"竹夫人变了脸色，冷冷说道："桃三娘的叔伯兄弟都已在竹山，你是哪门子亲戚，便要你准备嫁妆？"程直为之语塞。小桃说："我今日便随夫人走，请夫人在门口等我片刻，容我与义兄再说几句话。"竹夫人深深看了她一眼，点头说好，便转身离开。程母怪程直不会说话，一路与竹夫人赔礼，将她送了出去。

程直问小桃:"你可是不愿去?"小桃摇头,笑着说:"早就订下的亲事,那夫家郎君与我从小相识,怎能不愿?"程直心中不舍,说:"以后有什么难处,便来找我。"小桃说:"那竹家富贵非凡,我去了便是长房正妻娘子,能有什么难处?倒是我见哥哥进门时心中有事。"程直便将那千年桃木心之事说与她听。小桃听完,面如死灰,想了一会儿,长叹一口气,说:"也是我命当如此。"然后又对程直说:"千年桃木心确实能辟邪驱妖,而且我知道到何处去寻。"程直说:"今天我家双喜临门,妹妹出嫁,我也难题得解。"小桃微微一笑,说:"你还记得当年梅山公冬眠大睡的那个树洞?"程直想了一会儿,说,大约记得,似乎就在进山的路旁。小桃点头称是,说,那棵树就是千年桃树。说完,落下泪来。程直问她为何哭泣。小桃说,一来出嫁欢喜,二来舍不得母亲兄长。程直也很感慨,二人又说了几句闲话。

门外竹夫人等得不耐烦,程母连忙唤小桃出去。小桃走到门前,跪在地上,向程母拜了三拜,说,以后怕是不能侍奉在程母左右,请程母自己保重。程母落下泪来,让小桃常回来探望。小桃不置可否。

没有小桃下厨,程家母子的晚饭吃得寡然无味。程母没有小桃服侍安寝,在房里叹了半宿。程直心中一会儿是小桃,一会儿是千年桃木心,更是一夜未睡。天未亮,他便召集了人手,向梅山去寻千年桃树。当年见梅山公时是冬天,树叶落尽,不好辨认,如今正是枝繁叶茂、果实成熟的季节，一里地外便看见好大一棵桃树，华盖如云，硕果如雨。程直走到树下，见小桃所言非虚，满心欢喜，便像看见桥已然造成一般。他与众人说，先吃几个桃子，一会儿便砍树取木心。大家应了，摘下桃子吃了起来。程直吃那桃子总觉得有些奇怪，甘甜中竟似有些苦涩的味道，问旁人，旁人却说，鲜美无比，从未吃过如此好桃。

桃子吃了几个，程直教人砍树。众人说："便多吃几个再动手，我们都是多年工匠，砍个树不过眨眼工夫。"程直笑道："把树砍倒，不更加好摘，任由你们吃多少。"众人听他这般说，便抡起斧头砍起树来。斧头砍到树上却似砍中生铁，火星四溅，砍了好一会儿，树连个豁口都没有，斧头却砍卷了好几把。众人对程直说："这千年桃树莫非已经成精了！"无人敢再砍，几个胆小的竟逃了。程直想起这一个月来诸多不顺，满腔怒火，暗想，连棵树都与自己作对。他夺过一人手中的斧子，便向桃树砍去。

只听得天崩地裂般一声雷响，山林摇动，满天惊鸟乱飞，脚下虫鼠逃窜。那树纵直裂开，分作两半。树当中有一小段粉红色的木头，竟长得如同人心形状。程直被这动静惊得呆立当场。突然，从林中转出一人，以袖覆面，哭得泣不成声。他哭了好一会儿，才放下袖子，指着程直说："你害我娘子性命，我与你不死不休！"程直见他生得眼如绿豆，耳大招风，鼻宽口阔，竟与昨日里见的竹夫人一般模样,觉得疑惑。只是不待他细想,那人便已经欺到身前,一拳将他打翻在地。程直觉得胸口像被重锤击中,天旋地转,几乎闭过气去。旁人上来帮忙,也被那人一拳一个,悉数打翻在地。那人反过身来,还要再打程直,却听得有人大呼:"竹山郎,留他性命。"程直见梅山公从林中走了出来,拦在他与那人之间。程直正要说话,却见梅山公怒瞪他一眼,说:"我也正在火头上,你少开口,免得我与他一同杀了你。"竹山郎说:"就该一同杀了他!"梅山公说:"他不该死,这是雷劫。"竹山郎说:"娘家不管,且由婆家来索命。"怪叫一声,又冲上来,也不管是梅山公还是程直,便只是一顿乱打。梅山公动了怒,说:"这里还是梅山,便是你母亲来了也不敢撒野!你快些离去,我不愿坏了亲戚颜面。"竹山郎怪笑不止,说:"她这一死,我家与你还有屁个亲戚!"说完,就地一滚。程直只觉得眼前一暗,一头矮丘般大小的山猪出现在面前,双眼如同两盏红灯,獠牙如柱,鬃毛如林,长嘶一声,便要冲过来。面前的梅山公却忽然没了踪影,程直只觉手足发软,一跤跌在地上。此时,云霞焕灭,烟雾翻腾,山后爬出一条巨蛇,蜿蜒百丈,昂首长啸,猛地蹿起,将那山猪顶出数里。一蛇一猪斗了大半个时辰,难解难分,山林一片狼藉。程直缓过劲来,忙唤醒惊呆的众人,逃命回城。

回到家中,程直才发现,匆忙之中木心不曾取回,此时借他个胆子也不敢再去梅山。他长吁短叹,命都差点送掉,却还是到头一场空。程直此时一肚子窝囊无人可说，心力交瘁。他忽然想到，若小桃还在，该有多好。

夜里，程直躺在床上，怎么也睡不着，睁着眼睛，只是发呆。到了四更的样子，天竟似乎渐渐亮了起来，从窗子里透进粉色的光。不一会儿，满屋子里都亮堂起来，粉色的光星星点点，像是桃花飘舞一样。程直坐起身来，揉揉眼睛，发现小桃正站在他的面前。程直欣喜不已，把白天里的遭遇悉数讲给她听。小桃只是微笑不语。程直又向小桃问长问短。小桃还是微笑不语。程直问："妹妹怎么不说话？"小桃从怀中取出一物，放在程直手里。程直见那物竟是桃木心。程直笑着摇头，说："我这定是在做梦，想要桃木心想疯了，便梦到你给我送来了。哥哥蠢笨，离了小桃果然还是不行啊。"程直又说："其实我舍不得你跟那竹夫人走。"小桃听完这话，就消失了。

早上程直醒来，记起昨日之梦，对照心中所想，将小桃的名字念了又念。转身起床，却惊觉桃木心竟真的放在自己床头。那一切莫不是梦？

程直到工地，将桃木心交给匠人，嘱咐将此物绑在石料之下，今日一鼓作气，把桥墩立起来。领头的匠人问："这小小一片木头就能管用？"程直说："她说有用便一定有用。"将下桩时，程直又突然喝止，跑到近前，望着那一片桃木心，竟觉得要落下泪来。

此后，桥造得太太平平，再也没有发生什么灾祸。只是匠人民夫间流传，说夜间无人时，那桥上常常飘落下桃花来。

程直后来也不太去工地，总觉得胸中块垒无处宣泄，成天便在酒肆中吃酒。一天，程直吃得将醉，遇上了来吃酒的元辰。元辰大吃一惊，问程直如何憔悴至此。程直指着自己的心，说："埋到那桥下面去了。"元辰长叹一口气，与程直又斟一盏酒，说："兄弟你心中应该猜到了吧？"程直苦笑，说："我怎么早不猜到？"然后，再不说话，只是吃酒。

第二年，司农寺卿谢山奉宋皇旨意来徽州巡视粮务，见练江上竟飞跨一座雄浑大桥，称赞不已。孙知州对谢山说，此桥还未起名，不如请他题名。谢山想了几个都觉不好，他见茹相的孙子茹林也在随从人中，便问他："六哥，你说这桥该叫什么名字？"此时正是初春，西干山上桃花盛开，碧绿江水，粉红云霞，煞是好看。茹林一笑，说："便叫桃花桥吧。"谢山点头称是，众人拍手叫好。茹林却看见程直哭得泪如雨下。

# 蜂房蜗壳

蔡大，徽州本地人氏。绍兴年间，他的妻子郭氏病重将死。蔡大说："娘子，你安心且去，我们来世再做夫妻。"郭氏说："呸，来世哪个与你做夫妻，便还要死在这破屋草棚中么？"说完就断了气。

郭氏生有一女，唤作青儿，乾道初年到了婚配年纪。青儿生成绝美，秾纤得衷，体态风流。媒人上门问蔡大，要将女儿嫁到什么人家。蔡大环顾四壁，说："嫁个主户人家做正妻。"媒人一时无话，出门后遇人便说："那城西河街上的蔡大疯了，客户女儿要聘给高堂大马的人家做当家娘子！"宋朝将庶民分为主户和客户，无田无地无房无产的便是客户。蔡家是坊郭客户，嫁入主户按常理只能做妾。

过了一年，又有媒人上门，对蔡大说，城北程直尚未娶亲，他如今在通判衙门做公人，与蔡家女儿正般配。蔡大冷笑，说："他家北人出身，也敢配我女儿？"从此再没有媒人登蔡家的门。

蔡大没什么正经活计，青儿却有一手好刺绣，倒也勉强过活。

一日傍晚，疾雨初停，蔡大出门吃酒未回，青儿独自在家。忽听得有人拍门，她抬眼从阁楼上望下，看立在门前的是一个穿着长袍的驼子。驼子在门外说："我家主母送来一匹缎子，请娘子绣一块裙料。"青儿说："阿爹不在家，奴不便见外人。"驼子将花样和缎子留在了门前，便离开了。待到夜里，蔡大回家，将那匹缎子拿进房中，啧啧称奇，说，这缎子美得不像人间物什，穿得起如此衣料的，不知道是何等富贵的人家。青儿一笑，说："别人家的富贵，阿爹又何必感慨？"

过了几日，一天夜里，驼子来取裙料。此时，蔡大与人赌钱未回。青儿便说："阿爹不在家中，劳烦哥哥改日再来。"驼子说："我家在城西的竹山，来去十五里山路，我又天生的腿脚慢，望娘子行个方便，就交付给我吧。"青儿想了一想，从阁楼上坠下一根绳子，便将裙料吊了下去。那驼子拿到裙料看了又看，没有离去。青儿说："哥哥是嫌奴绣得不好么？"驼子说："哪里会？娘子的手艺莫说这徽州城，就是比起临安的绣坊都不差。"顿了一顿，又说："只是我家主母爱花哨颜色，这青色的料子，若绣的是大红，她肯定更欢喜。"青儿一愣，说："奴惶恐。当初不知是如此名贵的料子，没留心多问哥哥一句。可否宽限几日，奴再改一改。"驼子说："我可不愿再走一次十五里，便就如此吧。绣钱放在台阶上。我告辞了。"青儿等了许久，料想那驼子走远了，便开门想把钱财收进屋中。一开门,却发觉那驼子走出不过二三十步。驼子回身向青儿作揖。青儿借着月光看清那驼子长相,原来眉目清秀,是个少年。驼子动了心,说:"未料想娘子竟生得如此美!"青儿羞涩,赶忙关了门。

隔了几日,驼子又来了,蔡大在家。青儿躲在阁楼上听二人说话。驼子拿出一匹织金银的料子,说,虽然上次颜色不够鲜艳,但是他家主母很喜欢青儿的手艺。这次请青儿用金丝银线把这料子绣得更加富贵些。蔡大看见那料子,吃了一惊,说:"如此名贵的料子,世上难求啊。"驼子说:"我家主母不是寻常人等,便连我们这些奴仆也是有身份的人。"蔡大连连称是,想再打听一二,驼子便只是笑不接话。驼子起身告辞时,蔡大让他稍候,随后从阁楼上抱出一块粉色的裙料来,笑着对驼子说:"我家女儿绣错了你家夫人的裙料,你还给了我们那许多钱财,特意为夫人重绣了一块,料子颜色虽好,但质地粗笨,望你家夫人不要见怪。"驼子将裙料接到手中,勃然变色,厉声说:"老儿,这料子你从何得来?"蔡大被他吓得发抖,颤声说道:"本是那布店店主赌钱输与我的。这料子在城里很出名,是城北程家小娘子所染。现如今三十倍价都有人要买。"驼子接着问:"那程家小娘子可是近几年才来此地?"蔡大连声称是。驼子冷笑不已,对蔡大说:"你今天把这料子给我,是与我家主母做了一件好事,将来必有重赏。"

次日午后,蔡大刚要出门,却听见门被敲得山响。蔡大以为是主户来收房租，心中不快，口中粗声应答。他拉开门一看，却见四个巨汉抬着一顶凉轿立在门前。轿上坐着一位夫人，穿金戴银，绫罗绸缎，富贵非凡。蔡大连连作揖，问贵人所来何事。那夫人噗嗤一笑，说："我便是那行舍儿的主人。你家女儿为我绣了条好裙子，你又告诉了我一个好消息。你说我该怎么赏你呢？"蔡大思量再三，料定她是那驼子的主母，又连忙再作揖，说："我们客户人家本不敢有什么妄想，但是既然夫人您问起，我便大胆说了。"那夫人说："你有什么想要的，只管说来。"蔡大说："便请夫人为我女儿相一个富贵人家。"那夫人哈哈大笑，说："你看我家那个驼背的行舍儿可好？"蔡大一愣，不知如何接话。那夫人又说："你别看他在我面前是一个下人，还驼了脊梁，他家却殷实富有，有一座祖传大宅，曲径通幽，移步换景，亭台楼阁，雕梁画栋，相府也不过那般。"蔡大眼睛一亮，说："当真？"那夫人说："我何必诓你？"说完，从腕上摘下一对金镯子，使人递给蔡大，说："这是我的贺礼，三天后便来迎娶你的女儿。"蔡大诺诺应了。

蔡大回到屋中，与青儿说，已经将她许给了驼子行舍儿。青儿立时眼泪流了下来，问："阿爹便将奴许给了一座宅子么？"蔡大无话。青儿又问："那阿成哥哥怎么办？"蔡大发起狠来，说："你快将那个什么定情的绣花针扔了，休也再与他来往！"

郭成是蔡妻郭氏的娘家侄儿，休宁人。绍兴二十八年，郭成父母双亡，来徽州城里投奔姑姑姑丈。郭氏当时已然病重，她看见郭成想起自己亡故的兄弟，又想到自己也命不久矣，落下泪来。郭氏想留郭成住在家中。蔡大说："这破屋草棚，阁上睡女儿，阁下睡你我，哪里还有地方。"郭成听闻此言，便对郭氏说，自己本已安顿好地方住，让姑姑姑丈不要操心。

离开蔡家后，郭成本想宿在街头，又怕被姑姑看见，便出了城。他一路向北，天快黑时，来到梅山脚下，看见了一座山神庙。郭成一日奔波，已然累极，靠着神案便昏睡过去。

睡不多时，郭成感到有人推搡他，勉强睁开眼睛一看，只见面前站着一个十七八岁的公子，头戴幞头，身穿罗袍。郭成赶忙站起来施礼，那公子施施然回礼。郭成问："不知公子有何贵干？"那公子微蹙眉头，说："请小哥帮我一个忙。"郭成说："我虽一贫如洗，力气倒还有些。不知道公子是要搬抬何物？"那公子一笑，说："那倒不必，你只要从这个庙的后门向外走出三步即可。"郭成心中暗想，这算是什么忙。迟疑间，面前那公子已然不见，背后被人猛推一把。

郭成惊醒，这才发觉原来是一个梦。他心中疑惑，便起身向庙的后门走去。走到近前，看见后门大开，有一只大蜘蛛在门中结了一张巨网，过往蝇虫悉数被捕。网上有一只拇指大小的蜜蜂还在挣扎。蜘蛛亮出毒牙，正向蜜蜂爬去。郭成想了一想，决定从后门出去看看再说。他便挑破了蛛网，向外走了三步，却发现外面除了一蓬乱草，万事全无。他不由得暗笑自己将梦当真，蠢不可言。

次日天亮，郭成出庙门时与人撞了个满怀。那人一身短打装扮，是个十七八岁的小哥。郭成惊异地察觉，这人长得竟与昨日梦中的公子一模一样。他将梦中事说出，那小哥笑得前仰后合。小哥说，他叫丰五哥，是个蜂客，昨日里被强盗抢走全部家当，还差点丢了性命，现在满身是伤，无处可去。郭成听闻他的遭遇，便将身上钱财拿出来给他，让他去医馆看病。丰五哥叹道："你这点钱财都给了我，你再如何过活？"郭成不以为然，说："我有一身力气，还怕没有活路么？"丰五哥说："我会养蜂酿蜜，你可愿意与我搭伙？"郭成说："也好。"

此后，郭成便沿街挑担卖蜜，不出一年，在徽州城里就打响了字号。旁人来问郭成，他家的蜜为何如此甘甜。郭成嚅嚅无语，几次三番也没有人能问出究竟来。坊间便传言，郭成有秘方，怕别人知晓，故意不说。郭成听到传言，心中不快，回到家中，便问五哥。五哥说："哪有什么秘方，一样的养蜂酿蜜，我们不过没有掺水勾兑罢了。"郭成将信将疑。五哥追问他，是何人多事，总寻问酿蜜事由。郭成说，便有好几人，他记得其中一人是个术士，叫元辰。

过了几日，郭成怒气冲冲地回家，对五哥说："你骗得我好苦。"五哥说："你怎么说这种话？"郭成说："我都去问了，没有你这么养蜂酿蜜的。你坐在家中,吹一曲笛子,就有千千万万的蜜蜂飞来,为你吐蜜。你还对我说没有秘方。"五哥笑道:"原来是这事。我是远郊之人,我们那里养蜂便是这样。你们徽州城中不是如此么?"郭成便把听来的养蜂赶蜂的套路说与五哥听。五哥打了个呵欠,说:"如此麻烦。"郭成无话应接。

又过了三年,此时郭氏已死。一日,郭成挑担在街上叫卖,走到蔡家门前。他想到斯人已逝,停下脚步,一阵感慨。忽听得头顶有人唤:"阿成哥哥。"他抬头看见阁楼上露出明媚的半张脸来。青儿此时已经长成,出落得美艳不可方物。郭成一时看呆了,不敢搭话,赶忙走了。此后一连半个月郭成天天绕路从那阁楼下过。青儿若唤他一声,他便一整天魂不守舍,青儿若没有唤他一声,他便一整天怅然若失。有一日,青儿又唤他,他终于拼足力气应了一声。青儿向他要了一罐蜜,尝了一勺,赞不绝口,说:"人都说奴家阿成哥哥酿的蜜是城里一绝,奴也想尝尝,便唤了你这么多次,你也不应。"郭成心里酥软,险些昏过去,忙说:"那以后我天天给你送。"青儿说:"傻哥哥,这一罐一个月都吃不完,不必天天相送。"郭成悔得想割了自己的舌头,恨自己在青儿面前出丑。青儿又说:"阿爹不喜哥哥,奴不留哥哥久坐了。"郭成悻悻离去,买卖也不做了,径直回了家。

郭成进门时,五哥正坐在院中吹笛子。五哥的笛子吹得极好,郭成却没有心思听，回到屋中倒头就睡。睡到半夜，郭成被饿醒，一睁眼，发现五哥坐在他床头。郭成问："你我仿佛年纪，五哥想过娶妻生子么？"五哥说："我们丰家女人当家，娶了妻就得事事听她的，我不要娶妻。"郭成被他说得哭笑不得，说："那也不能一辈子一人，不成亲啊！"五哥点头，说："我欠一个人的恩情，我报完了恩，就回家娶妻。"郭成说："怎么没有听你提起过，你平日门都不出，如何找寻那人？"五哥站起身来，说："我的事不要你管。"说完就走了。

次日，郭成刚要出门就被五哥拦了下来。五哥递给他一匹粉色的绸缎，让他送与青儿。郭成认得是城北程家小娘子所染，这绸缎有钱难求，便问五哥从何得来。五哥说："那程家的桃三娘与我是故友，她送与我的。"郭成又问："为何今日想起来要送与青儿？"五哥笑了一笑，说："你自己知道。"晚上，郭成回到家，喜气洋洋。五哥问他，莫不是拾到钱了。郭成只是笑，不说话。五哥白了他一眼，说："还不是我的绸缎讨了你表妹的欢心？"郭成拉着五哥的手，直唤他好兄弟。

又过了几日，郭成对五哥说："偷偷说与你听，青儿说，要一辈子同我好。"五哥说："我怕你是得了情痴。小儿女的话你也当真？"郭成啧啧道："只是你没有尝过这甜蜜心思，却说得如此老气横秋的话，像是活了几百岁一样。"说完又叹气道："只是姑丈要的高堂大马不知道从哪里去赚？"五哥不再与他说话，转身来到院中吹起笛子来。皎月初升，笛声袅袅。郭成在房中叹道："你何时能知我的心事？"一曲吹罢，五哥叹道："你又何时能知我的心事？"

一日，郭成回到家，满脸是笑，对五哥说："青儿说，她昨日接了个富贵人家的生意。想把绣钱偷偷攒下来，将来与我一同买个宅子。"五哥哼了一声，说："那便恭喜你了。"第二日，郭成回到家却又一直叹气。五哥说："你若真喜欢青儿，便请人去提亲，也好教你死了心，不必每日患得患失。"郭成被他骂得多了，不以为然，告诉五哥，那富贵主顾要的花样针脚太细，青儿寻不到趁手的绣花针，今日愁了一天。他自己帮不上忙，现在也愁得要死。五哥许久不说话，又突然问道："你便真想要那针么？"郭成说："那是自然。"五哥从房里抱出一只匣子，打开匣子揭起一方锦帕，拿出一根针来。郭成见那针比头发还细，在灯下放出五彩幽光，知道是件宝贝。五哥说："这是我分家时得的，一直带在身上，今日就送给哥哥了。愿哥哥娶得美人，百年到老。"郭成只是一心想着青儿，不疑五哥话中古怪。第三日，郭成带着针，早早就出门，走时对五哥说："晚上不必等我，说不定姑丈会留我用饭。"忽看到五哥脸色苍白，便问他是不是病了。五哥不说话，只是摆手让他走。

郭成走后，五哥在院中吹起笛子来，蜜蜂却未曾闻笛而来。五哥感到有人在门外施法，他看见半空中飞来许多骷髅。门外有人笑道:"那蜂儿,我也跟了你几年了,你便将尾针交出来吧。"五哥一笑,说:"元辰先生你来晚了一步,昨夜刚送了人。"元辰冷笑道:"失了尾针你便没了性命,你有那个好心?"五哥说:"我欠他一命,如今拿命还他了。"元辰又说:"我还是不信,你莫不是骗我?"五哥怒说:"那术士,你可听仔细了,我乃是梅山蜂王之子,你去了阴间也好报上死由。"元辰冷笑道:"蜂儿,你把翅膀都做了笛子的孔膜,飞都不能,说什么大话?"五哥哈哈大笑,猛地将笛子折断。顿时天光忽暗,仿佛风也无声,四下一片死寂。片刻之后,只听得蜂鸣之声远远近近,顷刻间就震耳欲聋,似乎百十里内所有的蜜蜂都向着此处涌来。元辰大叫一声不好,抽身走脱。五哥望着乌云一般的群蜂,说:"兄弟们,我就要死了,将我带回家吧。"

晚上,郭成回来不见五哥,四处找寻无果,第二天便报了官。通判茹楠升堂,听完郭成的话,说:"你那伙计一不是孩童,二不是妇女,岂有走失之理?我看,不过是他不想与你再做,不好当面讲,便悄悄走了。"郭成觉得也只能如此,可一想到五哥舍自己而去,又觉得总是不对。茹楠看郭成说不出个道理,又坚称人是丢了,又好气又好笑,只好说:"你先回去安心做生意,寻人之事且放一放。"退下堂来,茹楠差人传话给郭成,过几日是十五,他要向水西寺的析空和尚布施五十斤蜜糖,让郭成送去。

郭成一连数日疑神疑鬼,总觉得五哥就在身侧,一回头却又是无人。生意他便也不做了，每日恍恍惚惚。到了十五那天，一早，茹府的仆人拍开郭成的门，交给他一封书信，让他连着蜜一并送去水西寺。郭成将家中的存蜜都取了出来，凑了五十斤，便再也没有了。他不由得苦笑，五哥却在哪里？

郭成来到水西寺。沙弥静素明接待了他。听闻是茹通判特意布施给析空的，静素明笑着说："师兄正在会客，不过正是茹通判的亲弟，你便进去吧。"静素明引郭成进到析空的禅房，析空与茹林聊得正起兴。析空说："除了程直终是立起了桥墩，还有什么有趣的事么？"茹林说："还有美娇娘要嫁矮驼子。"析空说："美丑不过是俗世皮囊，无趣得紧。"茹林说："你却不知，那美娇娘是城西河街蔡家的小娘子——"郭成发出一声惊呼打断了闲聊中的二人。茹林不快，说："你这人好不知礼！"郭成忙连连赔罪，说明自己来意后，又小心向茹林再求证娇娘驼子之事。茹林说："何必骗你？那蔡大遍邀街坊四邻去看他新女婿的宅子。据说有几十亩地，数百间房，徽州城内外无出其右。"郭成告退出来，走得跌跌撞撞。茹林问析空："他怎么像失了魂一般？"析空笑而不语，静素明说："知道缘分已尽，却还是不肯回头。"

郭成走回城中，来到蔡家门前，唤青儿名字。蔡大从屋中走了出来，说："我女儿将嫁，你若识趣，少不得还有一杯酒吃；你若不识趣，便不要怪我无情了。"郭成说："我只是想再见青儿一面，望姑丈成全。"蔡大说:"有何好见的?"说完蔡大就回到屋中,反手关紧屋门。青儿在屋中听得明明白白,看蔡大一眼,就落下泪来,说:"阿爹好生狠心。"

郭成跌坐在蔡家门前,觉得心碎欲死。恍惚间,突然看见五哥立在自己眼前,五哥头戴幞头,身穿罗袍,冲郭成作揖行礼,口中说:"小弟家中突发变故不辞而别,哥哥近日可好?"郭成觉得千言万语都在口边,却一句话也说不出来。他紧握五哥双手,只是摇头。五哥一笑,说:"烦心事不必挂怀,小弟得了处新居所。哥哥随小弟去,坐下细说。"郭成任凭五哥牵着,亦步亦趋,眨眼工夫就出了城。一路向北,二人片刻就到了梅山。进山的时候,路过一棵桃树,只见那桃树被当中劈开,桃实散落,枝叶焦枯。五哥停下脚步,突然放声痛哭,口中喊道:"三娘,都怨我,让那驼子发现了你的行藏。不日我就来陪你。"哭完,五哥对郭成说:"这桃树被天雷殛裂,露出我家一处旧宅的入口,便在这边。"

郭成顺着五哥所指看去,只见树后的山石中隐隐有一扇巨门。五哥来到门前,拿出一把硕大的钥匙插入门中,然后,推开巨门。郭成走入门内,惊在当场。只见好大一处宅院,上下五六层,左右八九间,前后十数进,屋舍层层叠叠,不知有几百几千间。郭成说:"没见过这么大的房子,你家从前莫非是皇帝?"五哥说:"皇帝倒不是,却也显赫过。"郭成一叹气,说:"我若有兄弟这么一处宅子,何愁姑丈不嫁青儿给我？"五哥听闻此话，微微一笑，说："我领哥哥来，正是要把这处宅院送与哥哥。"郭成说："我怎么能受兄弟如此大礼？"五哥只是说："愿哥哥娶得美人，百年到老。"郭成沉默不语，一会儿又连连摇头，对五哥说："世上怎么有如此好事，我是在做梦么？"五哥说："哥哥正是在做梦，这便醒来吧。"

郭成一睁眼，发现自己在蔡家门前竟睡了一觉。他想起梦中种种，暗叹自己痴心妄想，正准备离开，却发现手中握着一把硕大的钥匙。郭成一时恍惚，呆立在当场。此时，蔡大从屋中走了出来，指着郭成说："你为何还不走，真要我来撵你么？"郭成说："姑丈，便真不让我见青儿么？"蔡大说："若你有一座宅子，莫说见青儿，便将她许给你又有何妨？"郭成说："当真？"蔡大料想他没有，便说："当真。"郭成连问三次，蔡大连答三次。郭成大笑，将手中钥匙与蔡大看，约蔡大明日一早去看大宅。蔡大不住冷笑，以为他发癫，并未当真。

蔡大回到屋中，对青儿说："郭成疯了，竟说自己有一处大宅。我和他讲，若有，便招他当女婿。"青儿说："说不定便真有。"蔡大说："那便真把你嫁给他。"青儿说："夫人说三日后来迎我，这都十日了，驼子也没来。"她心中还有一句"便不来也好"，却是没有说出口来。蔡大说："不是已经看过宅子了，有何不放心的？"正说话，有人拍门。蔡大开门一看，正是驼子行舍儿。蔡大大喜。

行舍儿向蔡大行了一礼,说:"我家少夫人未及过门便殁了,府中乱成一团,因此误了婚期。请岳父大人见谅。"蔡大满脸堆笑,连说无碍。行舍儿说:"那就拟在后日,我来迎亲,车马嫁妆、衣裳首饰,全都归我。"蔡大又连连点头。行舍儿说:"可还有什么麻烦事情要我去办?"蔡大说:"我们哪有什么麻烦事情?"行舍儿说:"我可听说,有个叫郭成的人常来纠缠。"蔡大说:"早打发他去了。"行舍儿说:"他不是说他有一处大宅么?岳父大人还说要把青儿许给他。"蔡大一愣,说:"哪有此事?"行舍儿说:"我方才在门口都听见了。"蔡大赶忙否认,生怕惹恼了驼子。行舍儿冷笑,说:"明日一早,我便和你一起去,看看是哪路神仙帮他建了洞府。"

次日,蔡大到了近晌午才从家中走出来,看到郭成坐在门前,冷笑道:"你倒是着急得紧。"郭成唤他一声姑丈,与他见礼。行舍儿也从门中转出来,说:"时辰已不早,那便走吧。"郭成大吃一惊,对蔡大说:"他也要去么?"蔡大说:"有何不可?"郭成诺诺应了,不敢多话。

三人一路向梅山走去。行舍儿走得奇慢,天将黑时,三人才到梅山脚下。郭成一指那棵被劈开的大桃树,说:"就在那树后。"蔡大说:"怎么如此偏僻?"郭成说:"里面屋舍却是顶好,姑丈一看便知。"行舍儿在一边连连冷笑。待打开石门,进到门内,蔡大见头顶廊道交回,橡檩叠错,飞檐如云,金柱列阵,失声道:"我是到皇宫了么?"郭成问蔡大满意与否。蔡大话都说不出来,只是不住点头。郭成说:"那便接姑丈与青儿一同来住。"蔡大这才醒过来,为难地看了一眼行舍儿,说:"你们便都有好宅子,可惜我只有一个女儿。"郭成说:"姑丈亲口允诺,我若有一处大宅,便嫁青儿给我。不要食言。"蔡大说:"你有如此一处大宅,还怕找不到娘子。我们乃是至亲,以后常常走动。姑丈来帮你相一门好亲事。"郭成不依不饶,只是说要娶青儿。行舍儿动了怒,大喝一声,说:"我本看在梅山的脸面上不愿使狠。哪知你这人如此不知好歹。便让你们看看这哪里是什么大宅!"说完,就走出门去。片刻之后,只听一声巨响,尘土四起。郭成定睛再看,四周只是一片枯藤杂草,宅子凭空消失了。蔡大见不远处行舍儿举着一根树枝,树枝头上挑着个什么东西,便询问是何物。行舍儿说:"那皇宫便是此物,乃是个旧蜂窝。"说完,将蜂窝扔到郭成脚下,又说,"你便抱着它去娶娘子吧!"郭成又惊又怒,眼睁睁看着行舍儿大笑着走远。蔡大瞪了郭成一眼,说:"你竟学个戏法来哄我,以后休再来我家。"说完,他便也走了。郭成一跤跌倒,瘫坐在地上。

又过了一日,从州城的南门来了一支迎亲的队伍。吹吹打打,披红挂绿,熙熙攘攘排了数里。全城的百姓争相来看,是谁家嫁女娶亲。蔡大立在家门口看那队伍越来越近,最后停在自家门前,喜得浑身发抖。行舍儿从马上下来,对蔡大作揖,口称岳父大人。蔡大连连回礼。两个婆子从屋里扶着青儿出来,就要上轿。几个街坊走上前来好意与蔡大说:"如何在这边没有礼数,新人一来便接走了娘子?"蔡大说:"无妨无妨,便到那大宅去一并行礼。"队伍又吹打起来,拥着花轿转向朝东去了。城中众人随着队伍来到了一处城东巷弄,巷子幽深潮湿。巷底南面开了一门,数里长的队伍鱼贯而入,只见人进不见人出,足有半个时辰。众人发出惊叹,这便是何等大的一处宅院。

青儿头上蒙着红帕,目不视物,被人引着行完诸礼,便来到新房,独坐在床上。不知过了多少时间,青儿听得房门被人推开。又过了许久,那人才走到面前,掀开了她的红帕。青儿见到行舍儿站在面前,立时垂下目去。行舍儿说:"你可是恼我是个驼子?"青儿不答。行舍儿问:"你可是心中还想着你的表哥?"青儿摇头。行舍儿再问:"那你为何落泪?"青儿说:"若只是嫁与你,奴还有活路。阿爹是将奴嫁给了这座宅子。"说完,泣不成声。行舍儿说:"这座宅子便是我,我便是这座宅子,为你遮风避雨,一辈子与你好。"

此后,行舍儿还是常在竹山当差,难得回来一次。但凡回来,便给青儿带回许多礼物,只说是夫人赏赐。家中奴仆对青儿毕恭毕敬,但有盼咐,无不尽心伺候。青儿从不出门,偶尔想起过去日子,便做一点针线刺绣。用到那神针的时候,也会想起郭成。

一日,行舍儿不在家中,蔡大突然登门,见面便将青儿一顿痛骂,说她辜负恩情,如今在此享福,留老父在那租借来的破屋中受苦。青儿吃惊,说,行舍儿留给蔡大的钱财怕是买两个宅子都有余,自己曾派人去旧屋寻他,却都不见人影。蔡大嘿嘿一笑,说,都输在赌坊里了。青儿叹一口气,答应在行舍儿面前劝说,接蔡大来与自己同住。蔡大欢天喜地地回去听信了。

夜里,行舍儿回到家中,将一颗珠子交与青儿,说是夫人赏赐的宝物,唤作水精珠,能避灾消祸。青儿收了珠子,将接蔡大来同住之事说给行舍儿。行舍儿一笑说:"我们不必拘礼,你高兴便好。"青儿淡淡一笑,忽觉得这驼子似是真心对自己好。次日,行舍儿将出门,内院里跑出个小婢,递与行舍儿一个荷包,说是大娘子所做,让他带在身上避灾消祸。行舍儿解开荷包一看,里面便是昨日里的水精珠。

没过几日,蔡大搬了进来,一进门,便对家中奴仆指手画脚。众人多有不忿。青儿房中有一个老妇,唤作胡姥姥。一日,蔡大走在路上见着了,便使她去给厨房传个话,说自己胃口不好,想晚上吃清淡点。胡姥姥冷冷说道:"老婢便是竹山上的夫人见了,也要唤我一声姥姥。"又说,蔡大若是胃口不好,晚上便不要吃了。说完,她自顾自走了。蔡大气得直跺脚。

又过了几日,行舍儿回来。蔡大便将家中奴仆挤对他之事一一说给行舍儿听。行舍儿向他连连作揖道歉,说这些奴仆已经跟随他家三代,还请蔡大多多容让包涵。蔡大心中不悦。行舍儿晚上进到房中,对青儿说了此事。青儿让行舍儿不必挂怀,家中众人都很好。青儿帮行舍儿除去衣裳时,发现那个放水精珠的荷包不见了。行舍儿说,蔡大见到水精珠喜欢,便送与他了。青儿叹一口气说:"你是真的要一辈子与我好么?"行舍儿应道:"那是自然。"

蔡大得了水精珠便想拿去赌坊中扳本。但是连压了几台,都被别人轰了下来,说他拿个圆石头也要来当钱使。蔡大又羞又恼,跑出赌坊,一不留神,那珠子脱手,滚了出去。蔡大连忙去追,却见那珠子越滚越快,滚入一条巷子,一下子就没有了踪影。蔡大见巷底有一扇小门,便走进去,口中念道:"便真是个圆石头,也要寻回来。"

那门内是一个小院。蔡大看见有一个人横卧在院中,蓬头垢面,嘴里嘟嘟囔囔,像吃醉了酒。蔡大仔细一听,那人口中似乎在唤青儿,再定睛一看,却是郭成。蔡大说:"幸亏没有将女儿嫁与你。"然后,他便四处找起水精珠来,找了许久,也不曾找到。蔡大自言自语,说:"莫非真丢了不成?"忽听得背后有人说话:"那珠子丢了也就算了,莫非大宅也不要了?"回头一看,只见眼前是一个贵家公子,他自称是郭成的故友,名叫丰五哥。五哥冲蔡大施施然行了一礼,又问一遍:"莫非大宅也不要了?"

蔡大下意识地问:"便如何能得那大宅?"五哥哈哈一笑说:"容易,只要杀了那驼子。"蔡大大惊失色,连连说:"如何使得?"

五哥说:"如何使不得?实话说与你,你那女婿无户无籍。他不是人,是竹山上的一只妖。"蔡大勉强一笑,说:"你休要骗我。"五哥说:"骗不骗你,口说无凭。"又说:"那妖怪怕盐,一试便知。"蔡大口中连说不信,赶忙逃也似的走了。五哥望着院中的郭成,叹一口气,说:"办完这一件事,我便也投胎去了。若还投生个畜生,便要三百年后才能与哥哥相见了。"

蔡大回到大宅中,反复思量,暗想:若他不是妖,不过玩笑;若他是妖,我便不算杀人,还得了处大宅。决定还是一试。主意拿定,便备下盐来,单等行舍儿回家。

过了一月有余,行舍儿回到家中,见到青儿便解释说,原来他家少夫人未死,他陪着少主忙了一个月,将少夫人救了回来。青儿让他专心办差,不必挂念自己。此时,蔡大从旁走出,将一碗举过头顶,说他得了一只贵重的瓷碗,让行舍儿来看。行舍儿不疑有诈,近前去看。蔡大待行舍儿走到面前,便将那碗倒扣下来。行舍儿走动奇慢,躲闪不及,被那碗中盐末撒满全身。行舍儿立时发出一声悲鸣,整个人被定住不能动弹,如蜡见火,溃败消融。片刻之后,已看不出人模样。此时,一团五彩霞光从青儿的房中飞出,箭一般地射向行舍儿。行舍儿大叫一声,他见胸口刺入的是蜂王之针,知道自己必死,便望向青儿。青儿被一时变故惊呆,见行舍儿望向自己,便走到他面前。行舍儿说:"娘子,我并非凡人,乃是竹山上得道的蜗牛。我活了四百五十年才与你相遇,如今我就要死了。"青儿听闻此话,嚎啕大哭。家中奴仆此时冲了进来。只见胡姥姥摇身一变,化作一只二三丈高的大狐,将蔡大和青儿一手一个,举在半空中就要摔死。行舍儿大急,连连喊:"休伤他们性命!"大狐将二人放下,冲到行舍儿面前不住哀鸣。行舍儿冲着众人说:"杀我者是梅山蜂王之子丰五郎。"众人点头,纷纷化作鸟兽虫蚁四散而去。

行舍儿已经化得没有了形状,他最后冲着青儿说:"娘子可曾真心喜欢过我片刻?"说完,就化作了一摊污泥。青儿跌倒在地,痴痴点头,说:"不是说要一辈子与我好么?"蔡大站在一旁说:"他是个妖怪,话也能当真?快与我一同打扫打扫,以后还是阿爹在这宅院里与你相依为命。"话音未落,他却感到天旋地转。片刻之后,蔡大发觉自己站在一间逼仄的牲口棚中,脚边有个拳头大小的蜗牛壳。

后来,有好事之人到衙门报官,说蔡家杀害女婿,图谋财产。茹楠坐堂,把那蔡大传到堂前来问,发现他目光呆滞,口中只会说"大宅"二字,竟已然疯了。

茹林听闻了这美娇娘嫁矮驼子的下半回,去水西寺说与析空听,说完叹道:"那美娇娘后来便也寻不到了,这个故事真如你说的,无趣得紧。"析空说:"蜂房蜗壳,都能令人疯狂。"茹林说:"区区一处宅子,我便不在意。"析空笑了,问:"六哥在意什么呢?"

茹林望向禅房窗外,看见秋叶红透,有几只野蜂嗡嗡振翅而过。

# 仓硕主

谢山,字太艮,是右仆射谢坤之子,安山郡王谢青之孙,绍兴十年进士。乾道三年,宋皇下旨粮纲有欠,次年,任命谢山为司农寺卿兼判寺事,主持肃查。

谢山以不畏鬼神闻名。任建康知府时,有妇人来衙门喊冤,说她丈夫是一名军曹,在御前军中放马。一日,这军曹将马赶在扬子江边的浅滩上吃草。江中忽然蹿出一只恶龙,掀起巨浪,将一百五十匹军马悉数卷走。军中有司问她丈夫丢失军马之罪,三日后便要处斩。宋朝文官节制兵权,谢山觉得此事不公,决定为妇人申冤。谢山使人沉书江中,传唤扬子王。等了很久,龙王也没来,谢山在公堂之上睡着了。梦中,他见一个赤袍老者走上堂来,口中呼喊:"谁人传召孤王?"谢山看他形容,猜他是扬子王,便质问他军马之事。龙王哈哈大笑,说:"都已在腹中了。"谢山大怒,说:"有人要为此丢失性命,你可知晓?"龙王不以为然,听闻谢山传召他仅为此事，竟拂袖而去。谢山从梦中醒来，怒不可遏。他下令将扬子王的牌位移出水神庙，暴晒在烈日之下，让两个壮汉不分昼夜鞭打牌位。次日清晨，几个少年哭喊着来到衙门，见到谢山纳头就拜。他们自称是龙王之子，说龙王遍体鳞伤，丧命就在旦夕之间。谢山说："他可知错？"少年们说："知错知错，军马双倍奉还。"少年献出龙王配剑，作为信物。谢山行文御前军营，言明扬子王乃是此案实犯，现今已经受刑，明日归还军马。御前军上下惊异此事。次日，官兵数千人围在扬子江边争看龙王还马。谢山晌午时分来到江边，剑指江心，大喝一声："还来！"江水轰然中开，跃出一匹北地骏马，昂首长嘶，踏浪而来。顷刻间，江面上群马奔腾，眨眼就到岸边。谢山让人清点，不多不少，正好三百匹。谢山将马交给御前军，换了那军曹一条性命。此后，名动天下。

乾道三年冬，太仓令上奏宋皇，说太仓妖异作祟，粮米凭空丢失。副相茹亶望当堂呵斥他，说，天子脚下、朗朗乾坤，何来妖异。左仆射高向北请旨彻查。查了三次，都没有结果。宋皇震怒，感慨满朝文武，竟无人可用。茹相于是保荐谢山。

谢山上任，便直接去了太仓。守门的小吏不认得谢山，看他一身便装，便喝令他离开。谢山诈他，说："我昨日可来，为何今天不行？"小吏说："昨日是昨日，今日官家来了新相公，便是不行。"谢山暗暗吃惊，如何一小吏消息这般灵通。谢山又说："你可知我是谁人差来，胆敢拦我？"那小吏脸色微变，说："莫非是……"话未说完，从门里转出一人，附在小吏耳边说了句话。那小吏仔细打量了一番谢山，冷笑道："我管你是哪个派来。"谢山也不恼怒，转身就走了。次日，谢山穿着官袍乘轿再来太仓，那小吏在门外跪接。谢山问他，可否认识自己。小吏说，相公是王孙国戚，他从未见过。谢山把官员吏属全部叫来问话，人人都说这粮米是妖怪盗走。谢山不以为然。他在太仓里巡视，发现每一仓敖外都搭一小棚，里面有神案香烛，供奉着一尊鼠首人身的怪像。谢山问那怪像是何物。有人告诉他说，这是太仓之神，号做仓硕主。谢山不置可否。

谢山将要离开，有个小吏拦住他的去路，说："众人散去才敢来与恩公相见。"谢山惊异。那人又说，他唤做陈宝，曾在御前军中放马，当年谢山在建康时救过他性命。谢山这才想起原来他是龙王还马案的苦主。陈宝让谢山不要管太仓之事。谢山大笑，说："我若不喜管事，你哪有性命站在此地说话？"又问陈宝那仓硕主究竟。陈宝说，他后日当班值夜，谢山来一看便知。

待到后日，谢山赴约，陈宝与他说："事情要到下半夜。"二人藏在一棵柳树之后。子时前后，谢山昏昏欲睡，陈宝推醒他，低声说："来了。"谢山见月光下有一个巨大的身影，那物如熊罴大小，像巡值一般绕着各个仓敖缓缓爬行。行到谢山藏身的树前，那物徘徊不去，突然口出人语，说："树后何人？"陈宝惊叫一声，晕了过去。谢山从树后转出来，指着那物，说："你是何物，为何栖身太仓？"那物吱吱大叫，说："我乃是太仓神仓硕主，尔等凡人还不来参拜？"谢山哈哈大笑，说："你一个盗米的畜生也敢称神！"那物怪叫一声，大喊："气煞我也！"人立起来，足有一丈高。谢山看清他面目，尖嘴长须，豆眼獠牙，竟是只大鼠。那妖鼠步步进逼，谢山背靠柳树，已是无路可退。忽然，那妖鼠像被何物阻隔，竟是不能再向前。他绕着柳树狂奔数圈，恨恨而去，说了句："柳郎好手段。"

片刻之后，有个青袍书生从树后走出与谢山相见。书生自称是柳树精，为报谢山之子谢方之恩，特来搭救。谢山问他，如何能降伏妖鼠。书生笑着摇头，说这太仓失米并非灰鼠王所为。说完，他就消失了。

谢山一连数天闷闷不乐。他的儿子谢方问他为何如此。他说，妖鼠作乱太仓，却没有降伏的方法。谢方是临安推官，他一个月前曾去探访过他的好友徽州通判茹楠。他对谢山说，请来徽州的析空和尚，一定能降伏妖鼠。谢山大喜，让谢方连夜起程去徽州。

析空和尚是徽州城外水西寺住持宗白头大师的徒弟，宗白头的禅机天下无双。谢方见到析空说明来意。析空说："那妖怪是西湖孤山上得道的灰鼠，没做什么大恶，不必去降伏他。"谢方大急，一再央求。析空直是不允。谢方悻悻走出山门，路遇析空的师弟沙弥静素明。静素明问他为何沮丧。谢方道明原委。静素明笑道:"我那师兄与茹通判之弟茹林交好,你去请他来说。"谢方大喜,再三向静素明道谢。

茹家兄弟此时正在吃茶,春旱让新茶格外香浓。看见谢方来访,茹楠喜出望外,邀他一起品尝。谢方一揖到地,说:"我内中焦急万分,请六哥帮忙。"惊得茹林连忙回礼。茹楠说:"有什么用得着的地方,谢方兄弟只管开口。"谢方将事情和盘托出。茹林笑道:"我愿为哥哥走这一趟。"

于是,三人一同来到水西寺见析空。析空对谢方笑道:"你请来好大的救兵。"谢方连连作揖,茹林也出言恳求。析空说:"是我那多事的师弟给你出了主意,你应该求他帮你降妖。"静素明从一旁走出来,笑道:"不就捉个老鼠,我去便我去。"茹林也想同去,茹楠不许。茹林不悦。

次日,茹林来找析空诉苦,痛说茹楠好不讲理。析空笑道:"六哥想去便去,他还能拦住你?"茹林想想那妖鼠却又有些害怕,还担心事后被茹楠训斥,要拉析空一起去。茹林菩萨老佛一顿乱叫,析空被他闹得哭笑不得,答应同去。茹林喜出望外,转身出门,边跑边说,去找析空的佃户来给他们撑船。析空叹口气。

茹林一口气跑到水西寺下的练江边,指着近岸处的几尾小鱼说:"快去禀告你家大王,就说我找他。"片刻之后,烟波深处驶来一只小船,船头上立着一个黑衣少年,正是新安龙君。新安王听闻要他驾船去临安,万分不愿,白了茹林一眼,说:"我是水府正神,你成天奴役于我,不怕遭天谴么?"茹林一边跳上船,一边说道:"不怕不怕,到时便说是你甘愿的。"析空此时也来到了岸边,他曾救新安王性命,新安王许愿布施和修桥。析空见到新安王,便管他要欠钱,又催促修桥之事。新安王头昏脑涨,他大喝一声:"便把我气昏了,看哪个与你们驾船!"二人哈哈大笑,住了口,只是让龙王开船。

　　船在江上无桨自行,两岸林间的暖风吹来,茹林感到昏昏欲睡。他对龙王说:"小龙王,如此慢行,怕是我一觉睡醒,还没有出河口吧?"新安王哼了一声,说:"要快还不容易,你且坐稳。"话音未落,船便如箭一般飞驶起来。茹林在船中吓得哇哇乱叫。新安王说:"你还要快些么?"茹林嘴硬,仍说:"太慢太慢。"新安王哈哈大笑,振袖拨开飞浪,衣袂翩跹如舞。

　　过不多时,船停了下来。茹林早已吓得浑身僵直,却说:"不是还能快些么?怎么又停了?"新安王说:"方才出了新安水界,现已到富春江,钱塘王会派人来接应我们。"析空对茹林说:"龙王各自镇守水府,无故不能擅离擅入。"茹林大吃一惊,觉得自己难为了新安王,想道歉又不知从何说起。思量间,忽看得远处江中涌来一片红波,新安王说:"钱塘王的殿前军来了。"片刻那红波就到眼前，原来是数千尾二三尺长的大红鲤鱼。打头的一尾足有五尺。他跃出水面，吼道："新安王所来何事？"新安王哼了一声，说："此来送析空和尚去临安。"那鲤鱼惊叫一声，说："大师此刻就在船上？"新安王又哼了一声。鲤鱼连说死罪，说完就潜回水中，领着鱼群游在船头和两舷，艳阳当空，映得半江赤红。新安王对析空说："你这和尚好大面子。殿前军开道，菩萨来了也不过如此排场。"

船一路向东又转北，驶到临安余杭门。茹林远远望见余杭门的城楼，便放声痛哭。茹林之父茹成因反对北伐，被游侠暗杀在临安。茹林故地重游，悲从中来。析空拉茹林上岸。鲤鱼游到岸边与析空道别，说："大师此去，我等如有用处，但管差遣。"析空点头称谢。茹林止住哭声，邀新安王同去。新安王摇头，说，谢山连扬子王都敢打，他不要去见。说完便走了。此时，岸边一辆马车上跳下一人，上前行礼，说："静素明大师已到，差我在这里等候析空大师。"茹林大感不解，说："我们坐龙王之船，不到一个时辰便来到临安，他怎能更快？"析空笑而不语。

不多时，二人坐车来到谢府。谢山亲自到门口迎接。静素明见到析空说："我还以为师兄真不来了。"析空笑道："你还未受足戒，若这就被老鼠吃了，我如何向师父交代？"静素明说："师兄也太小看人，自有曼青奴在此。"说着，他怀中钻出一只小黑猫，咪咪叫了两声。茹林大奇，把小猫抱在手中左右瞧看。谢山说："大师便要用这小猫去降鼠么？"静素明说："正是。"谢山连连摇头，说那妖鼠庞硕无比，比牛还要大几分。静素明让他只管放心。谢山又问，何时去。静素明说，便在此夜。

谢山领着众人来到太仓，传令太仓官僚吏属今夜全数留守，一同捉妖。

三更鼓过，月出中天。一个巨大的黑影从仓敖后缓缓爬了出来。众人隐在暗处，屏气观看。茹林个子小，被挡在人后。他心中焦急，左蹦右跳想看个究竟。一不留神，足下失稳，跌出藏身处。那黑影听见响动，转过身来，盯着茹林。谢山要冲出去搭救，被静素明一把拉住，暗示他静观其变。茹林此刻吓得哭都忘了，顾及贵家公子体面，勉强站起身来。那黑影走到月光下。茹林见那妖鼠身如矮墙，獠牙如剑，利爪如刀。妖鼠厉声问："你是何人？为何潜入我太仓？"茹林道："我是茹成之子，茹林。"妖鼠发出一阵吱吱叫声，似乎在发笑，说："可是那贪生怕死、被人悬头在余杭门上的兵部侍郎？"茹林大怒，冲到妖鼠面前，喝道："我阿爹赤胆忠心天地可鉴，你这妖物安敢乱说！"妖鼠又吱吱大笑，说："茹成在临安臭名远扬，天下万民之口都在乱说么？"茹林大叫一声，冲上前便要与妖鼠拼命。那妖鼠一扬前爪，将茹林掀出几丈开外。茹林跌得七荤八素，直叫救命。

静素明高诵一声佛号，从墙角走出来。妖鼠说："你又是谁？"

静素明说:"是一个小沙弥。"妖鼠问:"为何潜入我太仓?"静素明说:"为了降伏你!"

妖鼠尖啸,张牙舞爪向静素明冲来。静素明哈哈大笑,显出万千化身,将妖鼠团团围住。妖鼠冷笑,说:"也就这么一点手段。"说完,吐出火来。一时火光燎天,将静素明的化身悉数烧尽。静素明笑着摇头,叹道:"果然如此。若非有曼青奴,我怕就要葬身鼠腹了。"妖鼠问:"曼青奴是何物?"静素明从怀中将小黑猫捧出来,说:"便是他。"妖鼠又吱吱笑道:"那便一同受死吧!"静素明说:"受死的怕是你!"

小黑猫从静素明的怀中跃起,跳到半空中。一时风云聚会,天地无光,小猫化作一只青毛狮子,口吐黑焰,足踏红莲,立在彤云之上,怒吼:"文殊师利菩萨座前曼青奴在此,妖物摄伏!"黑焰从天而降,将妖鼠困在当中。妖鼠团团乱转,不住尖叫,皮毛一碰黑焰,便被烧得见骨。曼青奴吼道:"还不降伏!"妖鼠冷笑道:"便拿我命去,有何惧哉!"曼青奴大怒,黑焰蹿起数丈,眼见便要将妖鼠烧死。此时,一个青袍书生冲到场中,望空匍匐在地,高喊:"灰鼠王罪不至死,尊者饶他性命。"曼青奴问:"你是何人,有何话说?"书生说:"我是临安城里得道的柳精。我可作证,灰鼠王虽然偷食了太仓的粟米,但自他来后,鸟雀不敢来吃太仓。他功过相抵,不是太仓失米的元凶。"曼青奴又问:"那便是谁盗走了太仓之米？"书生说："尊者叫那暗处的人等出来一问便知。"曼青奴吼道："都出来与我说个清楚！"

众人已经看得目瞪口呆，听到曼青奴呼喝，吓得跪倒在地，从藏身处爬了出来。曼青奴说："可是你等盗走了粮米？"众人见识了曼青奴的神威，此时肝胆俱裂，高声喊冤，不敢再有隐瞒，悉数招来。

原来这太仓守备森严，不可能失米，所缺之米根本就没有进过太仓。高仆射的少子高望任太仓令时，与地方官员私相授受，足额报账，少额缴交，从中得利。高望后来转任户部，留下几个家仆做门吏监视太仓。新任太仓令察觉粮米巨量缺失，惊慌失措，召众人来问。太仓官吏心中知晓，却不敢直言，都说是妖邪作祟。朝廷派人一查再查，都是无果。

谢山从旁听闻原委，气得浑身发抖，问道："那些小吏何在？"众人环视左右，单少了那几人。谢山高喊，要捉拿他们。话音未落，但见太仓火光四起，有几个人站在火光中喊："妖物吐火，太仓走水！"谢山冷笑道："好毒的计策，烧光太仓，一了百了。"众人张罗救火。粮米干燥，一点就着，杯水车薪，无济于事。曼青奴不会灭火，只是咆哮不已。

此时，妖鼠已然气息奄奄，听见众人呼喊救火，奋力从黑焰中脱身出来。他满身血肉模糊，吱吱乱叫："何人敢烧我太仓！"转身便冲入大火，吞噬火焰，渐渐体力不支，栽倒在火里。火越烧越大，太仓陷入一片火海。谢山叹道："人不如妖。"茹林走到析空面前，说："你再不救火，我们都要烧死在这里了。"析空说："救火的人已经在路上了。"

忽见南天浮来一片雨云，转眼就笼罩在太仓顶上。雨云中有几千条鲤鱼红鳞闪闪。茹林哈哈大笑，鼓掌说："殿前军送水来了。"雷电交鸣，大雨滂沱，片刻便将火浇灭。茹林看太仓一地狼藉，残烟焦炭，断壁颓垣，问谢山，此事如何收场。谢山叹一口气，说，明日上奏宋皇，妖邪作祟，畏罪纵火，已被降伏。茹林心中不悦，走到无人处低头不语。耳听得墙角有呻吟之声，他走上前，看见妖鼠已经化作巴掌大小，全身再无一片好皮，痛苦将死。茹林将他藏在袖中，想救他性命。

析空、静素明与谢山告辞，呼唤茹林离开。茹林说："小龙王不在，我们如何回去？"静素明一指曼青奴，说："让他驮我们回去。"茹林走上前去，曼青奴咆哮不止。析空说："那灰鼠可是在你身上么？"茹林称是，说："他虽辱我父亲，但是勇敢不阿，我要救他。"析空点头，对曼青奴说："便听六哥的。"

三人坐上曼青奴。曼青奴一跃，便离了临安。

茹林回眺余杭门，对析空说："阿爹曾对我说，朝纲崩毁，何言北伐？"

# 鬼笛郎君

郁佑，字辅臣，是郁魁之子，两淮宣抚使郁雄之孙。乾道元年，他受恩荫为秘书省校书郎，即上表宋皇，请求发兵北伐，恢复中原。此时，宋金达成"隆兴和议"不久，兵部侍郎茹成申斥他：年少无用，空谈误国。宋皇下旨夺去他的官职。乾道三年，郁佑离开临安，回到徽州老家。

郁佑，排行十一，人称十一郎，少小好武，嫉恶如仇。十岁时，郁佑出门，腰悬配剑，肩负长弓。路人看他人小弓长，笑他说："小儿也要觅封侯？"郁佑正色说："汉子怕死，方使小儿封侯。"路人羞愧，掩面而退。郁佑的长姐嫁给副相茹亶望的嫡子茹成为妻。符离之战后，茹成受宋皇命，与金人达成和议。郁佑与茹成公开决裂。乾道二年，茹成被暗杀，头挂在余杭门上。郁佑闻之鼓掌，说："贼子死矣！"茹家从此不许族人与郁佑来往。

乾道三年，郁佑回到徽州，燕居在老宅中。茹成之子茹楠此时在徽州任通判，郁家子弟多与他交好。郁佑形单影只，每日只知吃酒。一日，左仆射之子太仓令高望来徽州办差，顺路探访郁佑。郁佑大喜，拉着高望的手，说："哥哥为北伐大业看守社稷粮草，我很敬佩你。"高望说："十一郎为北伐大业不惜功名官爵，我也很敬佩你！"说完，二人哈哈大笑。郁佑邀高望吃酒，高望说："在家中吃酒无趣得紧。"郁佑说："那便去善乐坊。"

徽州善乐坊天下闻名，坊中酒肆林立，歌伎云集。太白楼在善乐坊的最东处，远眺练江，风景绝好。郁佑引高望来到楼上，酒过三巡，郁佑感叹："江水如斯夫，不舍昼夜，壮怀如我，徒老矣。"忽听得门外有人应道："壮怀激烈可问酒，尘土云月但问谁？"说完，转入个抱着琵琶的小娘子。那小娘子翩翩施礼，称特来为两位官人助兴。高望大喜，问她会唱什么曲子。小娘子报了七八首，郁佑都摇头。那小娘子掩口娇笑，问郁佑想听什么。郁佑说："乱世家国，无曲可听。"高望说："不过听个曲子，十一郎何必如此？"他让小娘子随意唱来。那小娘子眼波流转，十指生情，一曲《满江红》唱来，竟是妙极，把郁佑听痴了。曲尽，郁佑说："听娘子的口音是北人，如此好曲，就该北人来唱。"小娘子听闻此话，笑得前仰后合。高望问她为何发笑。小娘子说："奴家一个玩物，连人都未必是，谈什么南人北人？"郁佑兴致扫尽，与高望作别，独自回家。

郁佑多吃了几杯酒，有些醉意，跌跌撞撞，走到城中一处陌生的巷子，转了几圈竟迷路了。郇佑觉得头晕，靠在墙角歇息，忽听得耳边传来乐声，竟是军中战歌的曲调。他寻着声音找去，来到一个小院门前，推门进去，见院中端坐一人正在吹奏尺八。那人看不清面目，郇佑只觉得他身材魁梧，像个军人。一曲吹罢，郇佑高声叫好。那人抬起脸来，望着郇佑，一言不发。郇佑报上家门姓名，那人也不回应。郇佑尴尬万分。突然，那人吼道："北伐！北伐！"

郇佑有个小厮唤作破虏，此刻遍体鳞伤，跪在郇府管事房中受罚，盼望郇佑早些回来搭救他。

破虏本姓罗，是徽州本地人氏。年幼时饥寒将死，被郇佑从路边拣回。破虏有个瞎眼的病母，郇佑任由他常常溜回家照应。这一日，破虏从母亲处回来，正遇到通判茹楠之弟茹林骑马出游。街上行人见茹林贵家公子打扮，纷纷让路，只破虏一人行走不避。茹林马过时，溅了破虏半身泥水。路人笑破虏愚蠢，不知回避。破虏高声说："我忠臣家的奴仆怎能让他奸臣之子！"茹林并未走远，听闻此话，以袖掩面，落下泪来。茹林的仆从将破虏擒住，打了个半死，问清出身姓名，又押到衙门报官。徽州刑曹是郇家的郇衍，是茹楠的下属，私交又好，听闻自家的奴仆当街羞辱茹林，就要按犯主的罪名判流放。茹楠不愿将事情闹大，失了体面，派衙吏程直送口信，让郇衍将破虏解回郇府家法处置。回到郇家，破虏又被打了一顿，碍于郇佑不在家，不便再发落。

到了半夜，郁佑才回家。一边走，一边似乎在与人交谈。郁府管事向郁佑说破虏之事。郁佑说："你好不懂事，没有看见我有客人么？"说完又不住向身旁作揖，说些赔罪的话。管事见面前唯有郁佑一人，再无其他，以为郁佑疯了。回到房中将破虏又打了一顿，说："一个发狂，一个发癫。"然后将破虏关了起来，说等郁佑之父郁魁从福州任上回来再计较。

破虏被关了一个月，也不见郁佑来救他，他忧心老母，度日如年。一日，一个与破虏交好的小厮路过，破虏求他给郁佑带话。那个小厮说："你还不知？十一郎得了疯病，每日里一个人时哭时笑、喊打喊杀。"破虏一再哀求，那小厮也不愿带话。又过了几日，破虏听到门外有人声，起身张望，看见郁佑自言自语从远处走来。破虏高呼救命。郁佑走到近前，说："你怎么在这里？"破虏哭出声来，说清原委。郁佑惊道："我如何记得是昨日里的事情，你已经被关了一个月了么？"又说："茹六哥是个不晓事的小儿，你何苦去招他？"郁佑将破虏放了出来，让他出府逃命。破虏看郁佑面色乌青，形容枯槁，神情恍惚，似已病重，不忍舍他而去。郁佑却摆摆手，不再理他，一个人有说有笑越走越远。破虏想起家中老母，咬牙走了。

破虏回到家中，老母已然气若游丝，虚弱将死。破虏落下泪来，懊悔不已。老母对破虏说，一月未闻肉味，只想死前吃一口肉。破虏跑到街上肉铺，身上没有一个钱，央求屠夫赊些肉给他。屠夫不许。破房无奈，下跪哀求。屠夫说："我识得你，你不避官家公子，倒来跪我屠夫？"又说："你不是忠臣么？官家怎么不给你发饷？"说完哈哈大笑。通判衙门的程直巡街路过，怜悯破房，掏出钱来给屠夫。破房说："你是那茹楠之狗，哪个要你的钱？"吵闹间，旁边有人喊破房，说："你还有空与人拌嘴，你母亲方才断气了！"

破房跑回家，望着老母尸身，又哭一场。哭完，拎着水桶出门，想打点水给老母擦拭干净。来到巷中井边，街坊嫌晦气，不许破房打水，破房只好去北边的善乐坊打水。

来到善乐坊，破房不知水井在何处，见迎面走来几个小娘子，便出声询问。当中一个小娘子身穿红衣，怀抱琵琶，生得最美。她以为破房是来找主人回家的小厮，有意戏弄，说："你家官人自有姐姐们给他沐浴，不需要你打水。"破房说："我家官人郁宣抚的十一郎乃是正人君子。"那小娘子笑得花枝乱颤，说："我识得他，一个月前我还给他唱过曲子，听得眼睛都直了。"破房怒极，说："你们这些倡伎晓得什么事？"小娘子冷笑道："我们只晓得唱歌弹曲卖皮卖肉，可不晓得沽名钓誉卖国卖土。"说完，几个小娘子一拥而上，踢翻破房的水桶，将他揉倒在地，哄笑着散了。破房悲愤交加，几乎要落下泪来。他挣扎着爬起身来，又连问几人，都无人愿意告诉他水井之处。

破房灰心丧气，准备离开。忽听得有人在耳旁说："莫走，向前十步东边巷底就有一井。"他依言去寻，果见一口井。那井两边枯草杂生，轳辘朽坏，井沿坍圮，一看便知许久没有人用过。他走上前去，看那井深不见底，丢了一块石头进去，也不闻水声。破虏失望，转身要走。又有声音在耳旁说："莫走，垂桶下来，自有水。"破虏将信将疑，放桶下井，不一会儿便将带来的绳子放尽。那声音又说："墙角有根草绳。"破虏找来草绳，又放了大半个时辰，那草绳不见放尽，那井也不曾见底。忽然，那声音大吼一声："拉！"破虏拉了一个多时辰将桶拉了上来，筋疲力尽。他察看那桶中，竟一滴水也无，桶底只趴着一只大蛤蟆。破虏放声痛哭，转又大笑，指着那蛤蟆说："也好，我母死之前想吃口肉，便拿你当祭品。"那蛤蟆把眼睛一翻，口出人语，说："你救我出来有功，本应许你老母阳寿十年；但你又想杀我，便只许五年。"破虏惊异不已，抓起蛤蟆便跑回家。一进家门，果见老母坐在床上喘气。破虏放声痛哭，他母亲说："我本已走在黄泉路上，突然失了路引，鬼差又把我推了回来。"破虏将蛤蟆供在桌上，口呼大神，不住磕头，又说，他母亲可怜，希望蛤蟆还是许他母十年阳寿。那蛤蟆咕咕大笑，说，这也不难，只要破虏去帮他再办一件事情。破虏问何事。蛤蟆要破虏带他去见宗白头和尚。

宗白头是徽州城外西干山上太平兴国寺的住持，禅机天下无双。破虏安顿好老母，便将蛤蟆放在怀中，跑出门来。他跑到练江边上，天色已晚,没有渡船。破虏说,那只有泅水过去。蛤蟆呀呀乱叫,说他天生怕水。破虏脱下衣裳,将蛤蟆放在衣裳之上,顶着游过江。到了对岸,已经疲惫至极,蛤蟆却只管催他快上西干山。破虏跑到太平兴国寺山门前,一个小沙弥拦住他的去路,说:"今日已晚,烧香便请明日吧。"破虏累得说不出话来,只好将蛤蟆举在手中给那沙弥看。小沙弥口诵佛号,说:"本寺只接受柴米鲜花供养,鱼肉畜生一概不收。"蛤蟆气得将两腮鼓满,吼道:"静素明,你看清楚老子是谁!"那沙弥是宗白头的小徒弟静素明,听闻蛤蟆唤出他的法名,打量了半天,说道:"啊!这不是黄泉路的蛤蟆刺史么?为何落到如此田地?"蛤蟆闻言,放声痛哭,说:"我蛤蟆老三栽了,特来请宗白头菩萨为老三做主。"静素明说:"师父出外访友去了。"蛤蟆说:"你那师兄析空也勉强凑合。"静素明笑道:"你这话可不能被师兄听见。"

　　静素明领着破虏和蛤蟆在寺中转了几圈也找不见析空。静素明说:"这也奇了,庙就这么大,他到何处去了?"蛤蟆冷笑道:"罢了罢了。"然后高喊:"析空老菩萨,刚才老三说错了话,你法力无边,快出来搭救我。"话音未落,析空一手提笔一手提半幅纸,笑着从禅房中走出来,口中说:"师父走时,嘱咐我练字,刚才写到一半,所以不便相见,让刺史久等了。"又将那纸上之字展开给蛤蟆看,问他如何。蛤蟆见那字写得东倒西歪、奇丑无比,把眼睛一闭，狠狠心，说："王右军以后，你怕是八百年来书法第一了。"析空哈哈大笑，拿笔在蛤蟆两眼间画了一竖，大喝一声："哒！"那蛤蟆一跃而起，落在地上化作个粗壮男子。那男子长吐一口气，冲析空一作揖，说："老三欠和尚一个人情。"析空摆手，说："好说好说。"那男子又说："好人做到底，和尚帮我把那作恶的元凶捉回来。"析空转过身去，说："不去。"那男子哈哈大笑说："听闻水西寺要修一座佛阁，老三借你一百鬼丁。"析空回过头来，说："便说说那元凶吧。"

蛤蟆老三是阴曹秦广王辖下镇守黄泉路的小神，位小权大，过路之鬼巴结他，都唤他为"黄泉刺史"。一日，蛤蟆老三坐在衙门，两个鬼差前来参拜，言说奉枉死城乌太守的军令，给黄泉路退一个鬼。蛤蟆老三哈哈大笑，说："从没听说过走完了黄泉路还能再回头。"鬼差说，这退回来的鬼，活的时候，名叫陆定，是岳飞军前的猛将。岳飞死后，陆定也被杀害。陆定心愿未了，不愿投胎，便滞留在枉死城。城中多是战死之鬼，宋兵金兵放下恩怨，共处一地相安无事。陆定来后，念念不忘北伐，聚拢旧部，在城中日夜练兵。枉死城的乌太守把他找来，本想申斥一二，那陆定却说："心忧家国天下，岂因生死移改？"乌太守为之气结。他害怕事情闹大，便写下路引，想把陆定退回黄泉路。蛤蟆老三听完原由，破口大骂，说："乌老四便只想自己便宜，把麻烦送给我。"鬼差说："我家太守还送来十库金银作为押人之资。"蛤蟆老三想了片刻，说："那便如此吧。"于是，下令将陆定暂押在黄泉路衙门里。这一押就是二十年。

几天前，蛤蟆老三正在午睡，耳听得有丝竹之声，如泣如诉，动人心魄。寻声找去，见月光下，有一鬼坐在庭院中吹尺八。蛤蟆老三听得如痴如醉。一曲尽，蛤蟆老三问他是谁，那鬼说，他是军前一亡卒，失了黄泉路引，徘徊在此。蛤蟆老三说，那还不容易。说罢，提笔便给那鬼写路引。写到最后，路引上要写所去之处。蛤蟆老三问那鬼，要去哪里。那鬼笑而不答。蛤蟆老三又问，那鬼突然将尺八在蛤蟆老三头上一敲，将他打回蛤蟆原形。蛤蟆老三试了几试，竟发觉变不了人身。再定睛看去，哪有什么月光庭院，自己身处地牢之中。他这才想起这鬼是乌老四送来的陆定。二十年过去，未料想陆定的妖力已经强大如此。

陆定一手提蛤蟆，一手拿着空白路引，大摇大摆地穿过鬼门关。蛤蟆看见沿路各处鬼差纷纷放行，气得浑身发抖，碍于性命被陆定拿住，又不敢出声。陆定道路不熟，本来想去临安，却偏了几百里，到了徽州。陆定将蛤蟆老三丢在一口枯井里，便走了。蛤蟆老三几回召唤鬼差来救，都没有应答，本已死心，岂料这枯井边有一截废井绳日久成精，认出了他，许诺引人来搭救。这才有了后来破虏救蛤蟆老三出井。

说到此处，蛤蟆老三一声长叹，说："我贪乌老四些许钱财，栽如此一跤！"静素明对析空说："如此看来，这一百鬼丁还是要不得了。"蛤蟆老三大急，对着析空又是一顿好说。析空笑道："师弟休与刺史乱开玩笑。"又说："现今几个役丁倒是小事，如不收了那鬼，怕要惹出祸端。"说完，便出寺门去寻那鬼。蛤蟆老三跟着要走。破虏与他告辞，说答应之事已经做到，请他毋忘先前之诺。

　　破虏回家将母亲安顿好，担心郁佑病情，又悄悄潜回郁府。来到郁佑所居的小院内，破虏听见有人说话，声音嘶哑难听。破虏藏身在一小片竹林后，偷眼看去，只见说话的却是郁佑。他面色靛紫，须发皆赤，怒目獠牙，手拿一支尺八，端坐在草庐中矮榻之上，忽忧忽笑，口中念念有词。破虏以为郁佑病入膏肓，心中难过，就要出去相见。忽然，背后伸出一只手，捂住破虏之口，另一只手将他拉住。破虏惊恐，挣扎着回头，却发现是蛤蟆老三。

　　析空此时从竹林中出来，走到郁佑面前，说："红尘虽好，不是你久留之地。"郁佑磔磔发笑，说："我岂是为一己之私贪恋红尘？"析空叹一口气。郁佑又说："十一郎借躯壳与我，共谋北伐，与你何干！"析空说："功名荣辱不过浮云泡影，转眼成空。"郁佑冷笑，说："你和尚怎知故国梦想、壮士怀抱？"析空无话，过了许久，才说："敬你是忠魂，便再饶你一日，明天定来收你。"说完，转身便离开了。蛤蟆老三拉着破虏也要走，破虏死活不肯。

蛤蟆老三说："你再细瞧瞧，那哪里是郁十一？"

三人走出郁府，身后传来尺八之声。破虏听见蛤蟆老三大叫一声"不好"，便发觉自己已置身在一条大河前。一个老军把一杆长枪交在他手中，对他说："兄弟，快上船去，就要渡淮河了。"破虏看眼前旌旗蔽日，舳舻千里，狂风呼啸，浊浪滔天，已身处一只巨船之上。两旁军士铠甲鲜明，气宇轩昂，齐声高唱："被铁甲兮执金戈，眺泰山兮望黄河，山河不改故国在，战士何时归故国……"

"咄！"析空一声怒喝，破虏从梦境中惊醒过来。任蛤蟆老三如何问他，他都不愿说出所见之事，只是觉得那梦中情状才是男儿一生所在。析空看他一眼，叹一口气，说："今日我怕把一生之气都叹完了。"蛤蟆老三说："知你老菩萨心肠，下不去手。"析空点点头，说："他忠直刚烈，强行降伏，于心不忍。"蛤蟆老三大急，跳着说："那便如何？"析空说："便赚他自己回地府。"说完，对蛤蟆老三说，要找个写字写得好的，还要找个唱曲儿唱得好的。蛤蟆老三一跺脚，地下钻出个巡街的鬼差。蛤蟆老三一番问他，鬼差说："徽州城里写字当数茹相公家的六郎，唱曲儿最好自然是太白楼的涂红娘子。"析空盼咐破虏一番，让他去寻茹林和涂红，又对蛤蟆老三说，还有事要他去办。破虏低头许久，竟未应承。蛤蟆老三怒了，说："你家主人都要死了，找个人你也不会么？"破虏诺诺应了。

待到天亮，破虏去往茹府，未进门，便被人追打。领头的小厮是茹林房中的胜哥。破虏被打倒在地，口中喊："我家十一郎有难，求小相公搭救。"胜哥恼他前次当街欺侮茹林，拳脚不断，口中只管羞辱。此时，茹楠恰好出府办事，当即喝止众人，问明原由。他沉思片刻，说："郁十一终是我家舅父。父亲生前教育忠恕孝悌不敢或忘。如今舅父有难，理当相助。"便教胜哥唤茹林出来。茹林听闻降鬼要他相助，莫名其妙。破虏说，便只是求十个"南"字。茹林写了与他，顺嘴问道："我当真是奸臣之子么？"破虏想了又想，说："你与通判都是好人。"

破虏又去善乐坊找涂红娘子，待见面才知道原来也相识。涂红冷笑道："我们倡伎可不晓得救人。"破虏大急，说郁十一命在旦夕。涂红说："你家官人满心的战争妄想，撞着鬼不是正常么？"破虏不敢与她争辩，只是赔笑。涂红把脾气发完，问破虏，降鬼要唱曲何用？破虏说，他也不知，只是析空和尚吩咐他来的。涂红怒道："是大师命你来的，你怎么不早说？"她答应一定帮忙。

太阳落山后，析空、蛤蟆老三、破虏三人又来到郁府。郁佑正闭目坐在竹林之中。析空问他可愿走了。郁佑说："且听，那林中萧萧之声，便如我心中刀剑争鸣。"说罢，便吹起尺八来。破虏忽觉置身在两军混战中，他听见战鼓山响，握紧手中的长枪便冲了进去。铁血激荡，人嘶马鸣，破虏感到自己的头颅飞了起来，霎时满目血光。陆定与郇佑领着众军杀了一轮又一轮，终被围困在一处高岗之上，陆定除下战甲，放声长歌："驱铁马兮驾金车，登泰山兮过黄河，山河不改故国在，战士今日归故国！"歌罢，冲下山去。郇佑与众人也纵马下山，随他赴死。众人杀了半日，冲出一条血路，只余数骑，向北疾驰。郇佑问陆定："收复中原，再如何？"陆定剑指北方，说："再向北，收复幽云，不破金都，绝不向南！"忽然，析空手执一支笔，出现在二人面前，他问，北又在哪里呢。陆定向四面看去，但见天地十方都变成了"南"字。析空执笔轻点，墨色散开，陆定与郇佑站在一座巍峨的宫殿中，文武列班，宋皇高坐龙床。二人仓皇下拜。宋皇说，如今四海平定，陆卿郇卿可以释兵解甲了。陆定说，四海虽平，仍愿镇守边疆。宋皇说，且来听曲吧。琵琶一声如裂帛，一个红衣小娘子来到金殿上。她微含粉项，轻启朱唇，唱起那来鸿去雁、儿女情长、荒茔废冢、生离死别。陆定落下泪来，对宋皇说，他北伐心愿已了，乞望还乡。陆定话音未落，天地动摇，幻相散尽。只见一只大蛤蟆趴在他面前，一张嘴便将他吞了进去。大蛤蟆摇身一变，化作一个粗壮男子，正是黄泉路的蛤蟆老三。析空、郇佑、涂红、破虏都还站在竹林中。破虏在梦中死了一场，摸着脖子，回想那犀利刀锋。郇佑握着尺八，一言不发。过了许久，涂红娘子笑道："他活着的时候，奴如何无缘相识？"说完，便告辞了。

　　郇佑后来官至四川宣抚使。开禧北伐，郇佑与金兵对垒，每到夜里，定要到高处吹奏尺八，声闻十数里，或哀婉，或忧愤，如山魈哭泣，如厉鬼叹息，金兵常常彻夜难眠。金将派百名神箭手寻声借月光射杀他，一连数十天，也未得手。金人从此唤他"鬼笛郎君"。双方胶峙数月，一夜，郁佑命人举火，他端坐在山顶吹奏，金将大怒，起兵攻山。郁佑在山中设下三重埋伏，得手后，挥大军掩杀，金人一万兵马几乎无人生还。有走脱的金兵说，郁佑那天亲自下阵杀人，快如鬼魅。宋军说，天亮后，郁佑站在高岗之上，衣甲皆赤。战后，宋军打扫战场，山下金人尸身累积如山，郁佑用尺八量测战场积渍残血，尺八几乎漫透。金人又改称他为"血笛郎君"。

此战后，郁佑再未吹过尺八，那支尺八也消失了。

郁佑最后死在宰相史弥远的刀下。

# 迷 心

　　谢方，字十舆，是谢山之子，右仆射谢坤之孙，乾道元年进士。

　　谢方年少时容姿俊美举止不俗。他常与友人在西湖放桨。一日，宋皇也同游在湖上。春风烟雨，舟横湖心，谢方立在船头，引吭高歌，辞曰："君不行兮夷犹，蹇谁留兮中洲；美要眇兮宜修，沛吾乘兮桂舟……"宋皇见之闻之，惊为天人，连问数遍，歌者谁人。左右侍者奏对，说谢方乃是谢国丈家的四郎。宋皇于是下旨，将谢方养在宫中。

　　谢方成年后，仍圣眷不衰，可任意出入宫廷。绍兴三十二年，宋皇退位，移居德寿宫，号太上皇帝。在此之前，谢方就已厌倦宫廷生活。他倾心于遍识天下风物，长寄情于湖光山色。时人认为他是烟波四公子之首。太上皇后谢氏是谢方的姑祖母，她听闻谢方游戏江湖，颇为不悦。隆兴年间，宫中设宴，谢方为谢后祝酒。谢后勉励他："读书辨邪正，立纲常为先。"次年，谢方中进士，授秘书省校书郎。同任校书郎的还有福州知府郁魁之子郁佑。郁佑力主宋金死战，屡屡上书攻讦主持和议的兵部侍郎茹成。茹成是谢方好友茹楠之父。谢郁二人因此在麟台水火不容。乾道二年，郁佑被削职，谢方升任临安府推官。

谢方初掌京城缉盗刑狱，临安便发生大案。冬至夜里，侍郎茹成被暗杀，头挂在余杭门上。朝野震动，议论纷纷。宋皇下旨令京畿提刑王爽主持查案，临安府协查。此后数月，众人忙得焦头烂额，案情却扑朔迷离，毫无起色，案子被当作悬案搁置。

有一日，谢方办事，夜半才回家。行到御街上，忽听见轿外传来哭声。街边一株柳树下，有个穿青衣的小娘子正在啼哭。谢方派人去询问。那娘子说，她为亡夫服丧已满三百年，现想改嫁，夫家不许，心中凄楚，故而惊扰了谢推官。谢方暗暗吃惊，问她是何方精怪。那小娘子说，她乃是柳郎之妹柳细娘，嫁在余杭门外柏侯家，希望谢方为她做主。谢方怜悯她，便准许了改嫁。

次日，提刑王爽知会谢方，要旧案复查，重审茹成案。谢方与王爽再次查勘余杭门现场，依然毫无所获。王爽见道旁有一株古柏，抚叹道："若草木能言，何愁没有人证？"话音未落，树后转出一紫髯老翁，自称是长青侯柏朗。他质问谢方为何准许柳细娘改嫁。谢方说，依刑统，女子服丧三年即可改嫁。老翁失声痛哭，说他家公侯世代，理学门庭，几千年也未出过失贞毁节的女子。谢方大怒，说:"国家律条,岂是你一己私念能够左右。"老翁冷笑说:"铭记谢推官今日之话。"说完就消失了。王爽惊异莫名,谢方将原委来去与他说了。王爽埋怨谢方,以为本可从柏精处得知凶案线索。谢方争辩了几句,二人不欢而散。

谢方心中烦闷,信步南行,不觉来到西湖边。白堤上,迎面走来个青衣书生。书生与谢方见礼,自称是柳细娘的兄长柳郎,思慕谢方风采,特来相见。谢方意气黯淡,不愿与他多言。未料想,这柳郎举止端庄,谈吐清雅。谢方与他走了一路,听他品古论今,竟觉神清气爽。二人作别,谢方意有不舍,相约再见。

谢方后来几日一直在家中看书。一日,读到"萧萧肃肃,爽朗清举"句,想起柳郎,读到"如坐春风"句,竟又想起柳郎。一抬眼,那柳郎当真站在窗外庭院中。柳郎向谢方作揖,口称冒昧。谢方并不在意,将他引入房中,与他交谈。

二人谈得正兴起,忽有人来报,说衙门里有公人来请谢方。谢方对柳郎感慨,折腰琐事好生烦人。柳郎便问他是何事。谢方说,是为了办茹成案,苦于没有人证线索。又说了那日与王爽的不快。柳郎笑道:"人证便没有,可找个柳证。"谢方求他细讲。柳郎说:"临安城内外的柳树都是我的子侄儿孙,可召来一问。"谢方大喜,一再言谢。柳郎告辞而去,相约三日后再来。

谢方来到衙门,原来并非王爽召他。乃是城中有当铺来报官,称有人典当龙袍。人、赃押到堂下,谢方一审,那人自称胜哥,是徽州通判茹楠府里的小厮,这衣袍是茹楠亲弟茹林之物,他盗来临安,想换些钱财。谢方看那衣服后襟上确是织有云龙暗纹,乃犯禁之物,大惊失色,害怕连累好友茹楠,立即下令将人收监,不敢细审。

谢方向知府诈称茹成案忽然发现线索,随即动身带着龙袍赶赴徽州。

此事原是新安江龙王为避祸化作图形藏匿在茹林的衣袍上。谢方到徽州后,与茹楠一道,请来水西寺的析空和尚便了结了此事。十日后,谢方回转临安。入城时,天降大雨,御街上行人稀疏。谢方骑马回到家门外,竟见柳郎立在雨中相候。谢方慌忙下马,将他引入家中。谢方问他为何在此,柳郎说,他天天来此,直到今日才得见谢方。谢方这才想起二人曾相约再见,他心中愧疚,一再向柳郎道歉。柳郎摆手,让谢方不必挂怀,然后说,城中有株柳树在茹成被杀之夜,曾见人攀上余杭门,大概杀人者便是那厮。谢方大喜,问那疑凶的相貌形状。柳郎从怀中拿出一卷图轴,说,已摹在图上。谢方展开一看,图轴被雨水浸透,只剩下模糊墨迹。谢方戏言道:"这人眉目疏朗,有神仙气象。"柳郎听后,哈哈大笑。谢方望之也笑。

次日,柳郎带着新摹的画轴再来,却看见谢方坐在书房中叹气。柳郎询问。谢方说,盗窃是笞刑之罪,今日却将盗衣者判了流刑三千里。谢方叹道:"茹三郎临别时让我轻判这厮,我的心胸不如他啊。"柳郎说："四郎尽朋友之义，茹通判有君子之仁，并无高下。"谢方又说："三郎还让我不要再追查茹叔父之死。他说，天地不明，朝纲淆乱，杀人的乃是奸佞弄权之术、万民愚鲁之心。我的见识也不如他啊。"柳郎说："杀人之人如不能伏法，杀人之刀也应归鞘。"谢方展颜，笑道："柳郎偏护于我。"他接过柳郎带的画，展开一看，大吃一惊，说："竟是他！"柳郎不解，问此人何人。谢方说："他早已是通缉重犯，人称刺客七。"

阿七，姓氏籍贯不明，传言是南逃北人。少年时曾在徽州城中乞食。大侠区赤眉路过徽州，在街头见他与一帮乞儿打斗夺食，翻腾躲闪，矫健敏捷，以为他是习武之才，于是收他为徒。区赤眉有一好友，是个白骨术士，名叫元辰。他为区赤眉推命，说区赤眉会死于地府。区赤眉听后，哈哈大笑，说，生死轮回，谁人不去地府走一遭。阿七让元辰也为他推命，元辰手占一卦，而后大惊失色，说阿七寿元无算，莫非能起死回生。

绍兴末年，区赤眉与人相约在徽州太白楼吃酒，阿七陪伴左右。席间，有一红衣歌伎弹唱助兴。酒罢，众人散去。阿七与区赤眉说，方才那歌伎是他幼时失散的亲姐。区赤眉于是安排二人相见。那红衣歌伎唤作涂红，有琵琶绝技。她说自己父母双亡，并无兄弟。阿七见她不肯相认，便成天去太白楼吃酒听曲，晚上暗暗尾随护送。

时日一久，阿七发现涂红有异状。每月初一、十五，涂红晚上并不回住处，转入一条小巷中便没了踪影。待又到初一，阿七早早便藏身在那巷中，要看个究竟。不多时，只见涂红打着一只灯笼远远走来。她走入巷中，将灯笼吹灭，说："奴来听孙老大的差。"四团莹莹火焰凭空升起，将涂红围在当中，涂红的身形一闪，便消失了。四团火向北飘去。

阿七惊异其事，紧紧追去。他担心一人无法应对，便一路留下暗记给区赤眉。那四团火飘到城北城隍庙门口停下，涂红又显出身形来。她站在庙门外大声说道："劳烦婆婆开门。"那门中有个老妪应道："白天人走道，晚上鬼敲门。"涂红笑道："俺们倡伎人和鬼都不是。"门嘎嘎打开，一只狸猫跳了出来，张牙舞爪，发出老妪的声音，说："好一个刁滑的姐儿！"涂红将那狸猫抱在怀中，说："莫让老大等焦急了。"狸猫呜呜叫了几声，涂红举步入了城隍庙。

阿七越看越奇，攀上城隍庙的墙头，见涂红径直走入主殿。主殿大门随即关上，然后有灯光和人声透出来。有人问道："娘子今日要为孤王唱何曲？"琵琶之声立时响了起来，无人和唱。那曲子哀婉动人，绵绵长长，直到天将亮时一曲方尽。曲尽，人叹道："娘子还是不愿长伴在孤王左右么？"便听涂红说："奴草芥一般的东西，不敢痴想长伴二字。"人冷笑一声，说："便是为了那墙头之人么？"

阿七抽身要走，为时已晚，只觉眼前一花，便置身在城隍主殿中。他见主殿正中高台上端坐一人，峨冠广袖，碧眼虬髯，身后判官押司分立左右，又有牛头马面一干奇怪人物。阿七说道："你是何妖物，为何强求我姐？"涂红大急，上前向高台上之人施礼，说："我弟乞儿出身，不知礼数，老大莫要怪罪。"又回身对阿七说："孙老大是东吴大帝的太子，徽州的城隍，我弟休要乱言。"阿七见她与自己相认，喜得一切皆忘，只管唤姐姐，问长问短。二人说了许久话。孙老大忍无可忍，正待发作，殿门又被人一脚踢开，区赤眉跃进殿来。孙老大怒极，口中连连叫好。区赤眉说："城隍爷，我等便要告退了。"孙老大说："既然来了，便多住几日。"阿七只觉得天地旋转，再睁眼时，独自站在一片旷野中，大地无边无际。阿七也不知走了多久，此间天无日月，也不觉得饥渴冷暖。

阿七心中生出胆怯，叹了一口气，坐在地上不再前行。忽听得有人说："出路便在眼前，为何不走？"阿七见脚旁爬出一只壁虎，口出人言。阿七连忙询问出路。壁虎笑问阿七可知道此处是何地。阿七说不知。壁虎说，此乃是幽冥地府。阿七惊恐，连忙询问区赤眉与涂红。壁虎笑道，孙老大怜惜娘子，怎舍得让涂红来此。又说，三日前区赤眉来过此处。阿七问区赤眉去处，壁虎说："我壁老二，从来不白白指路。"阿七说自己身无长物，壁虎说，那便留下一诺，以后应验。阿七应允。壁虎说，向前五千步有一条大河，过了那河便能回到阳世，区赤眉也去了那里。阿七走出几步，又回来，问壁虎，区赤眉问路留下何物。壁虎说，他不愿留下一诺，便将名字留下了。

阿七向前走了五千步，果见面前出现了一条大河。河边立着一人，正是大侠区赤眉。阿七上去与区赤眉相见，他却认不出阿七。区赤眉说："我只记得要渡此河，却不记得为何要渡河。"阿七问他姓甚名谁，他竟也说不出来。阿七心中恼怒，知是被壁虎拿走了名字之故。他正要折返寻那壁虎，竟见壁虎乘在一片枯叶上，从那河中飘摇而过。那壁虎作歌曰："一生一场，醉醒膏粱，到头黄泉人独往，对影奈河鬼成双，颠倒梦想，付在泼天茫茫。"壁虎将枯叶划到岸边，对阿七说："指路人给你送船来了。"说完就消失了，那枯叶变化成一船。阿七见一切诡异莫名，不敢再与壁虎计较，将区赤眉扶上船，便摇桨向对岸驶去。

船到河心，区赤眉突然大喝一声，手舞足蹈，如同与人对殴。不一会儿，停了下来，喃喃道："我杀了你之后，那个继任的竟还是贪官？"又道："杀了你却原来无用！"区赤眉断断续续又说了许久，如同先后和许多人交谈，神色越来越暗淡。最后，他问阿七："我是谁？"阿七说："尊驾是我的师父，名震天下的大侠区赤眉。"又问："我做过什么？"阿七说："师父惩恶扬善，行侠仗义。"三问："天下可曾因我有些许改变？"阿七不语。区赤眉纵身投入河中，河水翻出浊浪，转眼浮起一具白骨。阿七伤痛欲绝，停船在河心，久久不去。

河中突然出现几个厉鬼，青面獠牙，血盆大口，他们对阿七说："你的师父杀害我等，今该抵命，你快离去，免累自身。"阿七正色说："我师父名震天下，惩恶扬善，行侠仗义。尔等奸佞宵小，死有余辜。"鬼说："天下可曾因他有些许改变？"阿七说："天下不曾因他而变，尔等之苦主却申冤报仇。"鬼哇哇大叫，扑上船来，撕咬阿七，阿七与之搏斗。突然，半空中放出一片光明，厉鬼逃散。有两个和尚从光明中走来，长者问少者："徒弟，地藏菩萨今日可曾说法？"少者说："不曾。"又指河中区赤眉的白骨，问："人因何而死？"少者说："执着于有名而死，执着于无名而死。"又指阿七，问："你可能度他？"少者哈哈大笑，走上阿七的船头，说："我要他渡我。"阿七问和尚是何人。少者说，他们是徽州城外水西寺里的师徒，宗白头和析空。阿七指着河中白骨，说，他们也是师徒，区赤眉和阿七。析空问："你可知你师父因何而死？"阿七说："他失去了名字，不再深信所信。"析空点头，说："因雄心而死，因迷心而死。"又问："天下可会因他之死有些许改变？"阿七说："天下不会有些许改变，阿七却不再有师父。"

宗白头和析空立在船中，阿七摇桨，向那对岸划去。岸就在眼前，桨摇了许久，却未曾驶近半分。宗白头叹道："徒弟，彼岸难去。"析空笑道："老和尚，此时不宜说禅，这分明是有人捣鬼。"

析空双手合十,闭目诵经。立时,四方震动,河水翻滚如同沸汤,藏身河中的妖鬼纷纷现身逃命。阿七见壁虎又出现在船头。壁虎长拜,说:"壁老二见过宗白头大师,见过析空大师。"析空笑道:"壁太尉何故施法留我师徒,是要看斋么?"壁虎吓得连连否认。析空大怒,一再说要去地藏菩萨面前评理。壁虎大声喊冤,连忙分辩。

壁老二是阴曹转轮王辖下镇守奈河之神。奈河是阴阳之界,万千鬼魂投胎皆要经过此间。壁老二权势熏天,被奉承为"太尉"。他与徽州城隍孙和是结义兄弟。孙和是孙权之子,被赐死在新都郡,死后受封为城隍,新都即是后来的徽州。孙和喜好丝竹之音。徽州有琵琶歌伎涂红,人称乾闼婆女,弹唱能动鬼神。孙和痴迷于她,每逢初一、十五便去阳间召她来会。孙和希望涂红能长伴左右,屡次提及,涂红感念孙和真心,几近应允。阿七忽然出现,涂红虽然没有与他相认,却不再愿意离开阳间。后来,阿七发现了孙和听曲之事,与区赤眉一起被孙和打入阴间。壁老二知道二人的来历后,暗自埋怨孙和鲁莽,将活人引来此间。他有意助他们渡奈河返阳,不敢让二人去重兵把守的奈河桥,便借给了二人妄想舟。

析空问:"你便当真好心让二人过河?"壁老二说:"当真。"析空问:"为何这船无法到岸。"壁老二说:"心中若仍有一丝妄想,便无法到那彼岸。"宗白头笑道:"便有几人断绝妄想?"壁老二说:"今日盂兰法会,我料想两位大师必要途经奈河。"析空哈哈大笑,说:"我乃是寻常和尚,这船是不敢来划。"说完,便将阿七捉在肋下,跳下船,向对岸走去。璧老二见他行在水上如履平地,赞叹不已。璧老二又回身,想要请宗白头划船,却发觉宗白头已不在船上。对岸传来宗白头诵佛之声,宗白头说:"太尉请回,待到无余之日,我定来划船。"

阿七被析空放下时,发觉头上骄阳当空,已回到阳世。他跪拜在地,答谢宗白头和析空。起身时,已不见二人踪影。阿七赶到城隍庙,见那不过是座寻常庙宇,善男信女、泥像神牌而已。庙祝上来与他搭话,说灵验云云。阿七想寻问一二,又不知从何问起。他只好离了城隍庙,又去太白楼。涂红一场唱完,正在歇息。阿七上去便喊亲姐,涂红笑道:"小哥,姐姐可以乱喊,听曲便还是要出钱。"阿七反复追问,涂红竟似已不知那日之事。阿七又说起城隍阴司,涂红变了脸色,说:"你再纠结不休,便要报官了。"阿七无法,悻悻而去。他想起奈河上,析空说自己是水西寺的和尚。阿七又出城过江,来到水西寺。知客僧是析空的师弟静素明,他说宗白头和析空已出外云游数月未回。阿七只好折返。

回到住处,阿七觉得此事似真似幻,莫非确是大梦一场?再一细想,区赤眉不在身边,此事有真无假,又痛哭一场。半夜,区赤眉的好友白骨术士元辰来见阿七,说都是命中劫数,让阿七不必过度伤痛。又问及区赤眉为何而死。当得知区赤眉是因为失去姓名、被恶鬼迷心、自杀而死时，唏嘘不已。他问阿七今后有何打算。阿七说，必为师父正名。

隆兴初，阿七连做几桩大案，杀死贪官后，必以其血题墙，题作："杀人者乃是区赤眉与刺客七"。刑部将区赤眉与阿七一并列入重犯通缉。隆兴二年，兵部侍郎茹成主持与金国和议，后被临安士庶骂作国贼。阿七决定刺杀茹成。

乾道二年冬至夜里，阿七藏身在茹成的书房中，伺机刺杀。茹成看书到半夜，遣散僮仆，合上书卷，说："那暗中之人便出来一见吧！"阿七转出身来，拔刀出鞘，便欲杀人。茹成哈哈大笑，手指胸膛，引阿七来刺。此时有奴仆在门外听见声响异常，出声询问。茹成答道："无事，看书发颠而已。"阿七眼见此状，心中惊异，便收刀问茹成为何不惧死。

茹成说："死有何惧，快哉快哉。"又说："我死之后，务必将我的首级挂在余杭门上。"阿七不解，问："你莫非临终悔悟，要以此来训诫贪官？"茹成又发笑，说："我一死，朝中奸佞宵小正好弹冠相庆。"他不愿再多说，只是催阿七动手。阿七犹豫片刻，还是杀死了他。

阿七杀完人之后，竟觉心中郁郁。他并未题字留名，带着茹成的头匆匆离开茹府，向余杭门去。他来到城门下，见城关中走来一个和尚。那和尚手持一盏灯笼，俯眉低视。阿七方想要避走，和尚就已来到他面前。那和尚抬起眼来，阿七见火光映下，和尚眼中如有巨河流淌。

阿七认出那和尚是析空。他问析空，是否是要将他送官。析空摇头，反问他为何有此一问。阿七举起手中头颅，说他方才杀了侍郎茹成。析空说，死生本无分别之处。又说，他得知茹成今日得证誓心，挣脱挂碍，特来接引。阿七不解，还要再问。析空说，便先将头颅挂在城门上。待阿七回转时，竟再也找不到析空。

阿七回到徽州，仍是天天到太白楼吃酒。

茹成之死数日后震动天下。徽州街头田间便是村夫闲汉也要议论几句，说战说和，说忠说奸。有人笑骂，原是些麻木度日之人，如今反倒关心起天下兴亡之事了。阿七听闻此话，叹道，天下竟因茹成改变，便将酒又多吃了几分。

阿七从此以后不再杀人，只日日守着太白楼和涂红，不觉一岁除尽，冬去春来。

乾道三年，一日，阿七又来太白楼听曲。涂红唱完一曲，被唤到楼上去为两个客人单唱。阿七隐在门外，听得那二人原来是临安来的太仓令高望和燕居徽州的郁佑。高望也是烟波四公子之一，填得一手好词，他的父亲左仆射高向北是朝中主战派领袖。涂红弹唱了一曲《满江红》，二人击节叫好。郁佑感慨涂红北人口音，又叹息起北伐受阻。涂红讥笑他，说自己乃是倡伎，便是北伐成功，也还是倡伎。郁佑不快，拂袖而去。涂红便为高望一人唱曲。唱到夜深，高望仍意犹未尽，说："娘子如此绝技，真想携你回临安。"涂红笑道："那若北伐成功，相公还要携我去东京么？"高望哈哈大笑，说："北伐二字，也就那断了头的茹成和这郁十一念念不忘。"阿七听他将这二人放在一起评点，一时心中千头万绪。涂红的歌声又响了起来，小楼昨夜又东风，檣橹灰飞烟灭。

此后不久，坊间传言郁佑被鬼所迷，竟自称岳相公麾下的陆将军，每日闭门不出，经略北伐。此事成为全城一笑谈。阿七听说后，叹了一口气，想起茹成，竟又叹了一口气。不知何时起，涂红在太白楼唱得越来越少，初一、十五为城隍的弹唱也时去时不去，倒是每日下午，必抱着琵琶出现在郁佑的草庐中。郁佑吹得一管好尺八。二人丝竹相和，又不交一言。

转眼又过了一年，乾道四年春末，大旱初解，整日雨下个不停。一日，阿七走在街头，雨中跃出一只狸猫。那猫口出人语，声如老妪，让阿七今日早早安歇，说壁太尉要与他梦中相见。说完就消失了。阿七回到住处，躺在床上，心中烦乱，竟久久不能入睡。天至四更，才略有倦意。刚睡着，便听见有人在耳旁怒斥："你这蠢汉，误了我的大事。"阿七见那奈河边的壁虎出现在眼前。壁虎说，他有一个恩人，被临安的狗官迫害，重判流放，可能要死在路上，本指望阿七早早去搭救，此时赶去怕已经是晚了。阿七想起自己欠壁虎一诺,便答应立即起身。壁虎给阿七一张路引,让他交给那人,又指了寻找的方向。阿七去拿刀,却发现怎么也拿不起来。壁虎又斥道:"蠢汉,你还在梦中!"阿七从梦中惊醒,看手中捏着一纸路引,便提刀奔出门去。

　　阿七在官道上走了几日,也没有找到壁虎所说之人,却发觉官道上各处驿站、路口都新贴了通缉告示。告示上言明阿七乃是茹成案的要犯,一干军民人等包庇同罪。那日午后,阿七寻了官道边的一处荒坡,稍作歇息。不多时,远远见两个公人押着一个带枷犯人走来。那犯人披头散发,形如枯木,似已命不久矣。两个公人突然站住了脚,一个公人冲犯人说:"岭南遥远,便至此休住吧。"另一个挥棒猛击犯人脊背,犯人滚下坡去。阿七心中暗叫不好,跃出,将两个公人砍翻在地。待追到坡下,那犯人已然气息奄奄,一问之下,果然是壁虎所寻那人。那人说:"我不过是盗了主人家一件衣服,竟被狗官迫害至此。我要申冤报仇。"阿七将壁虎的路引拿出交给犯人,说:"太尉有言,若有未完心愿,凭此路引,可留在阳间。"那人哈哈大笑,嘴中涌出血来,说:"合该天不绝我,虫豸竟仗义胜人。"然后就死了。阿七将他埋在坡旁一棵大树下。回身竟发觉方才未将两个公人砍死,此时二人已经逃走,阿七不愿追击,任由他们去了。

　　这二人逃回临安,见到谢方,伏地痛哭,说那盗衣贼原来有同伙，五六个壮汉将他二人围攻。谢方验看二人刀伤，心中本后悔将胜哥重判，以为他被人截走，便觉如此也好，不再计较此事。

谢方夜里回到家中，拿起一卷书想看，看了许久，一个字都不曾看进。心中想起柳郎。柳郎不来相会，已有几日了。上次见时，柳郎心事重重，说，柳细娘如今该寻一个新夫家，偌大临安，竟无一家来聘。又说，未料想柏侯家竟有如此势力。

谢方正心思烦乱，忽听书房门外有人敲门。谢方猜度是柳郎，开口询问，果是柳郎应答。柳郎推门进来，谢方大喜过望。柳郎却向谢方作揖，说还要出去几日，又不能来相会了。谢方大急，左右询问，柳郎都不说原因。谢方叹了一口气说："莫非我有过失令柳郎生厌了？"柳郎连连否认，终是和谢方说了。

原来柳细娘说定了一个新夫家，乃是西湖孤山上的灰鼠王。这灰鼠王现今栖身在太仓中，倒是和柳家门当户对，已礼聘下定。谢方之父谢山新任司农寺卿，主持查办太仓失米案，一口咬定灰鼠王偷盗了太仓中的粮米，灰鼠王恼羞成怒，要伤谢山。柳郎现身护住谢山，却得罪了灰鼠王。灰鼠王怒而退婚。柳郎于是准备出远门为柳细娘结亲。

谢方这才知道，柳郎救了父亲一命，倒头就拜。柳郎慌忙将他扶起，说，谢方是柳细娘的恩人，如此都是应当的。谢方不舍柳郎走远，便问柳郎要去哪些府县。柳郎说，便去徽州、绍兴、明州。

柳郎又陪谢方说了几句话，便要告辞，谢方依依不舍，也只得由柳郎去了。

过得几日，谢方向父亲问起太仓之事。谢父感慨鼠妖凶狠。谢方心中也烦恨那灰鼠，便说要亲去徽州，请析空和尚前来降妖。谢父大喜，谢方随即动身。待到得徽州，岂料析空和尚不愿前来，只请得析空和尚的师弟静素明。

谢方与静素明二人上路后不久，静素明就停足不前，连说走路好累，便要歇息。谢方说，不远就可乘船。静素明说他晕船，不愿乘船。谢方又提议骑马，静素明说他不会骑马。谢方担心父亲，心中焦急，说："如此这般走走停停，何时才能到临安？"静素明哈哈大笑，说："哪个要与你走去临安？"他从怀中拎一只小黑猫，左右逗玩。那小猫忽地跳到空中，化作一只青毛狮子。静素明跃上那狮子，对谢方说，临安再会。说完，那狮子四爪生出疾风火焰，驮着静素明向东边飞去。谢方看得目瞪口呆，许久才醒过神来。他连忙赶到水路边，雇了一条小船也向临安驶去。

船一路顺流行到建德水域，却意外触及暗滩毁坏。船家勉强将船撑到岸边，谢方只好上岸。谢方曾遍游江南山水，识得官道就在附近，便举步向前。走不多远，来到一处荒坡，远远已望得见官道上的扬尘。谢方感到疲倦，便坐在荒坡的树阴下歇息。

谢方刚闭上眼，便听得有人唤他。睁眼一看，四下却无人。闭上眼，又听得有人唤他，睁眼看时，还是无人。如此四五番，谢方心中生出恐惧，想要离去，竟发现手足麻木僵直，口不能言。恍惚中，谢方见眼前升起一条血色大河，浪涛中钻出一只巨大的壁虎，那壁虎看了谢方一眼，便潜回河中。河水越涨越高，转眼已经淹到谢方咽喉。谢方丧命已在旦夕之间。

突然，空中吹来一阵暖风，柳絮飘了起来，有人在风中吟哦，唱道："君不行兮夷犹，蹇谁留兮中洲；美要眇兮宜修，沛吾乘兮桂舟……"谢方识得这个声音，他猛睁开眼，从梦魇中挣脱出来，见柳郎正站在面前。柳郎对谢方说，他为妹妹寻亲事毕，回转临安，竟见谢方被鬼术所困，倒在路边。谢方将一干前后，说与柳郎听。柳郎先是讶异请和尚降伏妖鼠之事，待听到谢方的梦魇，更是大惊失色，说那血河乃是阴川奈河，那壁虎是奈河之神。忙问谢方为何得罪了神明。谢方也不知所以，见柳郎焦急，便笑道："柳郎不必惊慌，说不定只是寻常噩梦。"又问柳郎为妹妹寻得何处佳婿。柳郎说，徽州竹山世家新丧了娘子，两家正好合适。谢方拉住柳郎的手，说："柳郎了却此桩大事，便不可再离开临安了。"柳郎望着谢方一笑，又让谢方闭眼。他拿出一片柳叶，放在谢方额前，施展咒术。

谢方再睁眼时，已来到临安城内。此时已入夜，清风拂面，皓月当空。谢方见柳郎面目皎洁如那明月一般，不舍相别。说话间，忽然天地变色，风云翻滚，谢方举目见太仓方向乌云最浓，鼓掌道：

"定是水西寺的和尚在降妖了。"柳郎急得直跺脚，对谢方说："却是错了。"说完就消失了。谢方猜他先行去太仓，便也匆忙向太仓赶来。

待谢方行到半路，便见有冲天火光从太仓处升起。谢方担忧父亲和柳郎，心急如焚。片刻之后，瓢泼大雨下了起来，火光渐灭，谢方猜是降妖成功，才心中稍安。待谢方赶到太仓，正见得静素明的那头青毛狮子驮得几人跃空离去。太仓里一片狼藉，柳郎已经走了，谢方之父谢山立在场中，长吁短叹。谢方一问，这才得知原委。太仓失米原来与妖鼠无关，竟是前任太仓令高望所为，今日事败，他又命人火烧太仓毁灭证据。高望与谢方同在烟波诗社，多有唱和，谢方没有料想他竟是如此之人。

谢方陪伴父亲回到家中，想起此事，郁郁寡欢。觉得是因自己差错，才如此一塌糊涂。正在忧愁，柳郎敲门来到谢方房中。柳郎安慰谢方说："四郎忧心谢司农安危，这才去徽州请和尚来降灰鼠王，错不在四郎。怪我没有早将缘由告诉四郎。"谢方望了他一眼，说："这只是其一，那灰鼠王退细娘的婚约，也让我误以为他心中有鬼。"柳郎一顿，又笑道："四郎真是慈悲君子。我们不过是山精野怪，四郎倒是事事上心。"谢方说："我从未将柳郎看作山精野怪。"柳郎说："那便把我看作什么？"谢方一时语塞，不作应答。

一岁枯荣，转眼秋至。柳郎倒是常来，只是面貌渐渐枯槁，竟似入暮之人。谢方以为他得了重疾，想为他延医看病。柳郎哈哈大笑，说："我乃是草木之精，仍受制于四时轮转，一年之间有如人从生到死。"谢方为他担忧，却也无计可施。又过了几日，柳郎已如垂垂老翁，步履蹒跚，有时说话间便能睡着。一次，柳郎又睡着了，谢方叹一口气，柳郎从睡梦中醒来，他对谢方说，他就要度冬大睡，明日便不再来了。谢方说："看柳郎从青春正好衰弱至此，感慨天命难逆，人生苦短。"柳郎说："春风一来，我又回苏，还可陪伴四郎。"谢方说："柳郎可岁岁萌发，凡人只有百年，又怎能长相陪伴？"

入冬后，天地肃杀。谢方也不去衙门办公，整日待在书房中，忆及柳郎音容，心中更加思念。忽听得耳旁有人说："虚情假意。"谢方惊起身来，高呼何人。左右仆从闻声而来，将谢方的院落找了三遍，却也没有找到人。谢方将众人遣退，又坐回房中。心中一想柳郎，又是那声音说："装模作样。"谢方问："你是何人？"那声音答道："我便是我，我也是你。"谢方说："你在我心中？知我所想？"那声音说："确是如此。"谢方笑道："那你应知我乃是真心。"那声音说："真心里皆是些不可尽言啊！"谢方一怔，不再说话。那声音纵声狂笑。

元旦过后，冰消燕来。

一日，谢方在房中看书，一个少年猛地推门进来。谢方看那少年生得宛如一段春光，一时呆了。那少年说："四郎不认识我了么？"谢方说："如何不认识？"他伸手将少年拥到怀中。柳郎在他怀中咯咯发笑，说自己已活了一千六百多年，并非凡间儿童，不可任由人搂抱。谢方不说话，只是紧紧将柳郎拥在怀中，越拥越紧。

　　一个月后，谢山将谢方叫去说话。他告诉谢方已为谢方下聘定亲，女方是御史中丞王克之女、京畿提刑王爽之妹。谢方大惊失色，一再说自己不愿娶亲。谢山勃然大怒，说娶亲生衍乃是人伦之首，由不得谢方愿不愿意。又说，自己要奉旨巡查江南各地粮务，一个月后回转，再见之时，望谢方已明白孝悌。

　　此后数日，谢方坐立不安，见到柳郎也不愿多话。柳郎问他是否有心事，谢方不说。柳郎又问。谢方怒道："我自己之事，与你何干？"柳郎心中委屈，转身便走了。一连多日，柳郎也不再来。谢方心想，不来也好。有声音说："果然虚情假意，果然装模作样。"谢方说："你尽可嘲弄我，我如此也是无可奈何。"那声音说："好个无可奈何！"谢方说："换是你，你能如何？"那声音说："我便跑。"谢方说："我家是王公宰相，天地虽大，无处可逃。"那声音说："那倒未必。"然后便不再说话。谢方将"那倒未必"四字在心上过了一遍又一遍。

　　谢方是烟波诗社之首，诗社春日雅集谢方不能不去。那日雅集谢方心事重重，应付了一首诗，便不再说话。将要结束之时，有社友引来一人。那人与众人见礼，说自己乃是金国使臣。人群中，高望起身拂袖而去，言说不与金人同坐。又有几个主战之人也随之离席。金使不以为忤，仍笑容满面，说自己思慕南国风流，特来参与雅集，又评点众人诗词，竟不是外行。待评到谢方的诗，金使说："似心中有千言万语，却没有一字写入其中。"

雅集散时，金使走到谢方身旁，悄声说："北方辽阔。"谢方不敢接话，匆匆离去。那个声音一直在谢方耳旁怒吼，骂他是胆小鬼。谢方回到家中，居然见到柳郎。柳郎只字不提先前不快，只说多日未来拜访乃是在操持妹妹的婚事。谢方望着柳郎，忽然说："我便也要娶亲了。"柳郎之后恭喜谢方的话，谢方一字也没有听进去。

过了几日，那金使竟上门拜访，谢方与他应付几句，便说祖父、父亲都不在家中，让他改日再来。金使说，他是专程来拜访谢方的，又说，自己明日便要启程回北朝了。谢方随口祝他行程平安。金使不接谢方的话，只是许久看着他。谢方尴尬万分，便要强行送客。金使哈哈大笑，告诉谢方，他明日从余杭门走。说完就扬长而去。

夜里，谢方辗转难眠，于是，来到庭院中散步，竟见柳郎坐在院中。谢方问柳郎为何深夜在此处，柳郎反问谢方。谢方说："我不愿成亲。"柳郎说："由不得人啊！"谢方说："我天亮便逃到金国去，柳郎也与我一起。"柳郎大惊失色，说，此乃是重罪。谢方叹道："为了今后与柳郎长相陪伴，也顾不得了。"柳郎站起身来，正色道："我认识的四郎怎会如此？"谢方还要分说，柳郎竟说："你我不必再见了。"说完就消失了。谢方怅然若失。

次日一早，谢方将几件心爱之物带在身上，便出了门。他藏身在余杭门内，眼见得金使车队出关，仍犹豫不决。那声音说道："走便走了，还怕柳郎不跟来么？"谢方一咬牙，追出关去。金使见谢方来到，喜出望外，忙将他迎到车内，命人速速出发。

走出不过几十里地，忽然四面涌出兵来，将使团车队围住。金人大怒，纷纷拔出刀来，金使鞭指几个宋军前锋，怒道："我乃是上国皇帝特使，你们竟敢拦我？"军中闪出京畿提刑王爽，他向金使行礼，说："不敢拦特使的路，只找一个宋人。"金使说，宋人与他何干。王爽说，便混在这车队里。金使冷笑，说："你要搜我车驾？"王爽拔出刀来，喊道："谢家四郎，休做蠢事，免累家国。"刀剑寒光闪闪，寂静无声。金使道："还不快快散开。"王爽身旁转出个紫髯老翁，正是那余杭门外的柏精，他厉声说道："我亲见你上了金人车驾，你何不敢认？"又说："便要因你一己私念，置国家律条于不顾，眼见刀兵么？"谢方从金人车驾中走了出来，旁人竟见他面带微笑。

谢方是皇亲国戚，出逃外国震动宇内。大理寺主持此案，王爽协查。王爽本想回护，待听得出逃之由竟是为了逃婚，王爽为之气结。谢方随身之物中搜出几卷图轴，其中一幅是谢方当年游历江淮之时画下的地理图形。王爽便坚称此乃是叛国之证。此案审了两月有余，初判竟断了斩。

消息传入德寿宫，太上皇后伏地恸哭，说，盗匪强人尚且不杀，奈何要从王公杀起。宋皇亲自过问此案，有大臣当庭叫嚣，即便皇帝免谢方一死，也必有游侠杀之。天下舆论汹汹，谢家竟无一人敢陈情，谢方似非死不可。

谢方被囚在报恩寺中。报恩寺是皇家寺院，住持是国师素能四水。谢方得知自己被判斩，竟然发笑，负责看管他的沙弥以为谢方疯了，连忙禀报住持。素能四水禅师说："谢四郎心中恶鬼喜极发笑，不必讶异。"有好事者将禅师之话转述给谢山。谢山立即登门造访素能四水。话未说几句，谢山落下泪来，他说，他竟不知谢方是被恶鬼所迷。然后，又求素能四水禅师搭救。禅师笑道，搭救的人就要来了。

有知客僧来报，说徽州太平兴国寺的析空禅师来了。素能四水说："我师兄的这个徒弟来得好啊！"说话间，析空走了进来，同来的还有静素明、茹楠和茹林。谢山从徽州巡查粮务回来不久，又见众人，百感交集。谢山请析空搭救，析空求见谢方。素能四水说："没有大理寺、提刑司的公文不能轻见。"析空便对静素明说，此时便要靠他了。静素明笑道："我那俗家哥哥心肠狠硬，也不知道听不听我的。"

王爽听闻国师素能四水请他，以为囚禁谢方出了纰漏，连忙赶来。来到报恩寺门前，他见一沙弥在等他。那沙弥望向他笑而不语。王爽看了许久，突然高呼："二郎如何在此？"

王爽引众人来到报恩寺中囚禁谢方之所，问素能四水："四郎竟是被恶鬼所迷？"素能四水说："是与不是，一试便知。"众人进去，见谢方面如赤火，披头散发，他指着众人喝道："便都来杀我，我便是那通敌之人。"析空说："生死有何分别，通敌之人，应当生不如死。"谢方森然发笑，说："是啊，生不如死，正当如此。"析空又说："只是你已死许久，应该是死不如生吧？"谢方猛抬起头来，望着析空说："你是何人？"析空说："我是比丘析空。"谢方说："你敢来管我的闲事？"析空说："生死轮回如何是闲事？"谢方又笑，说："管便来管，你能奈我何？"析空说："早赴轮回，早离迷执之苦。"

说话间，大地震动，众人眼前浮起一条血色大河，狂涛翻滚，巨浪漩涡，河心有只壁虎撑点一叶扁舟破浪而来，他作歌道："一生一场，醉醒膏粱，到头黄泉人独往，对影奈河鬼成双，颠倒梦想，付在泼天茫茫。"他将船撑到谢方身前，说："恩公，你心愿已了，早来阴司吧。"谢方说："谢方未死，怎可说心愿已了。"析空说："壁太尉也奈何不了你么？"壁虎听闻此话，冲析空作揖，说，这鬼与他有旧恩，请析空不要强行降伏。析空点头，对壁虎说："你去找黄泉路上的蛤蟆老三，说我问他借一个鬼。"壁虎点头，血河消失，众人站在庭中，看月光照在谢方脸上，狰狞莫可言状。

茹楠之弟茹林此时十四岁，他心地柔软，与析空和尚交好，也与谢方情谊深厚。他和析空谈了一夜，得知那鬼生前竟是自己的小厮，惊得目瞪口呆。析空叹道："一人一鬼都深陷迷执，彼此成魔。"茹林求析空救谢方。析空说："单等蛤蟆老三的鬼来。"此时天还未亮，下起雨来。门外有人低唱，曲声忧愤，韵脚铿锵。析空说："那鬼来了。"茹林推门看出去，见雨中有一人被反剪双臂，有铁索穿胸而过，正在作歌。茹林看他渊停岳峙，有英雄气概，说："你竟是鬼？"那鬼不理茹林，向房中喊道："和尚，陆某来了。"

陆定是岳飞麾下的猛将，岳飞死后，陆定也被杀害。两年前，陆定擒住黄泉路上的守将蛤蟆老三，逃出阴司，附在郁佑身上，妄谋北伐，最后被析空降伏。析空此回便要用他。析空对陆定说："你且将那恶鬼带走。"陆定领命去了。茹林问析空："他能行么？"析空说："那便看看去。"

二人行到囚禁谢方之处，见谢山、王爽、茹楠都在。王爽说："方才有人穿墙而过，是大师所言之鬼么？"析空称是。众人进去，见陆定正站在谢方面前。陆定问："为何不走！"谢方叫道："大仇未报，如何能走？"陆定说："你有何大仇？"谢方哭起来，说起往事，自小被卖作奴仆，本想盗衣变卖更改身籍，没想被重判惨死。待陆定听闻他说曾引诱谢方叛国时，喝道："你竟引南人北逃，你可知罪？"谢方说："你可知我所受之耻、心中之恨？"陆定说："我一片赤胆忠心也被枉杀，犹不如你？"又说："怎可以一己之私，诱人背离忠孝大义？"谢方还要分辩。陆定走上前去，将他踢翻在地。谢方说："他们看不起我，欺我辱我，你为何要助他们？"陆定说："我从前也是市井流氓，盗衣偷鞋之事便也做过。直到见到岳爷，才知道男儿一生应当如何。"又说："你已大错，不可再错，随我来，便指你男儿之路。"谢方说："我那仇还未报。"陆定叹一口气说："比起国破家亡，你那仇恨又算得几何？"谢方微微一怔，一时失语。一条血河凭空升起，壁虎划来一舟，将二鬼都载在舟上。那壁虎口中又唱起那歌谣，一直唱离颠倒梦想，一直唱到泼天茫茫。

刹那间，一切都消失了，谢方面如金纸，枯坐在地上。谢山喜极，将谢方扶起，说他明日便要上奏宋皇，请求重审。王爽也附和。谢方叹一口气，说："便所有罪人都可说是被鬼所迷么？"谢山大惊失色，问谢方莫非要求死。谢方点头，说："我若行无差错，身心坦荡，何能被鬼所迷？"又说："我若不死，必有当死奸佞引我为例，逃脱刑责。"谢山乍喜乍悲，竟昏了过去。

茹林未料到是如此结局，对茹楠说："哥哥便再劝一句谢四哥。"茹楠叹道："四郎取义求仁，我安能相劝？"转而对谢方说："我不如四郎。"王爽问谢方还有何心愿，谢方说，他已无心愿。

析空对谢方说，他死之日，必来接引。

众人散去，留下谢方一人。他看骤雨将停，长天放亮，将胸中浊气一吐而空，觉得清明爽朗。他心中一动，又想起柳郎。

乾道五年秋，杀谢方之日，临安万人空巷。宋朝立国数百年，慎杀少刑，遑论皇亲国戚斩首示众。左仆射高向北监斩，他宣读宋皇诏令，言明谢方辜负天恩，弃义叛国，其罪莫可刑恕，天子仁慈，以死赐之，望军民人等，引之为鉴。天外哀鸿叫断，刽子手举起鬼头刀。此时，谢方见一老翁走到面前，谢方对他说："我被鬼所迷，做了许多错事，说了许多错话，真心却从来没有对你说过。"老翁转眼化作一个少年，他落下泪来，对谢方说："明年春天，我还会萌发，可何处得寻四郎？"谢方笑道："那接引我的人已经来了，你自可问他。"

余杭门外，阿七听得有人在远处唱歌，声音清丽委婉，唱的似是南国旧曲，辞曰："君不行兮夷犹，蹇谁留兮中洲；美要眇兮宜修，沛吾乘兮桂舟……"他觉得胸中五气郁塞，猛地将拳打向一株古柏。一个紫髯老翁从树后转出来，喝道："你有闲力，何不去杀那些谢方般的奸徒？"阿七看那老翁一眼，说："我以为谢方是皇亲国戚，要逃脱刑罚。昨夜本欲刺杀。他却和我说，要我留他性命，死在众人眼前。"老翁讶然失语。阿七叹道："他和那茹成竟是一般人物啊！"

# 真 心

叶五，东京人氏，善花木，人称"花叶五丈"。

他相貌丑陋，刻薄轻佻，极好酒，五十出头尚未娶亲。

一天，众人相约吃酒。杯盏间有人取笑他，唤他"花叶童子"。他讥道："你们娶个粗蠢娘子，也敢来笑我？"旁人不服，说他无妻眼热而已。叶五说，他年轻时，曾娶过梅山兰仙，谁人能比。众人求他细讲。叶五酒到半酣，便从头说来。

建炎年间，叶家南逃来徽州，以采兰为生。叶五十六岁时，叶父病笃，临终时嘱咐他，天下最好的兰草在黄山西海，其次在歙北梅山，不过这两处地方都万不可去。叶五年少气盛，这两处地方于是非去不可。黄山远在百里之外，他便决定先去梅山。

冬日将尽，正好采兰。叶五荷锄提酒一口气走到梅山下。来到山口，见一鸡皮老妪坐在路边。叶五向她问路，老妪反问他来意。

叶五不愿实言相告，便扯了个谎。老妪冷笑道："看你拿着锄头镰刀，不是挖首乌黄精，便是采兰芷芳蕙。"叶五否认，只说进山玩耍。老妪说："回头去吧，我是救你性命。"叶五说："我还救你性命呢！"说完，却发觉那老妪已无踪迹。叶五心中有些害怕，却还是进了山。

叶五在山下和山腰转了许久，都没有见到一株好兰，便向山顶走去。走不多远，便闻到有酒香，隐约还有呕哑丝竹。转过一处岩壁，便见得一群小娘子正在不远处宴饮弹唱，个个生得娇艳欲滴，把个叶五看痴了。忽然，空中蛰雷乍起，众人受惊。小娘子中有个穿紫衣的唾道："偏那桃三娘命硬，要修甚木心，引这雷来。"有人劝道："我们兰家二十一娘今日出嫁，何必管桃家娘子？"又有人叹道："自白王被神僧赚走后，七郎又入赘西海，这一晃便是百五十年啊！"那紫衣娘子说："岁月不待，何必感慨？"人又叹道："梅山公还在大睡，哪个能为二十一娘做主？"紫衣娘子说："四时作保，风雪为媒，你我出嫁时有谁做主？"人点头称是，又感慨不知贤婿何处。紫衣娘子一指叶五，说："不就在眼前么？"

小娘子们拍手叫好，拥上前来，把叶五拉到场中。叶五听得她们说话，怀疑她们并非人类，心中惊恐，想要逃走。那几个小娘子手劲奇大，又按住了叶五的筋脉，令他挣脱不得。那紫衣娘子问叶五，可愿娶她家妹子。叶五不接话。紫衣娘子大怒，眼见便要发作。忽听得不远处有人喊道："紫娘。"紫衣娘子回身看去，拍手笑出声来，说:"原来是蜂王家的四郎和五郎来了。"迎面走来两个青年公子,生得面貌俊俏,他们见紫娘还留有愠色,便发声询问。紫娘说,叶五一介凡夫,竟不愿与梅山兰家结亲。丰四郎笑道:"蠢笨的小子,你若不愿,我这兄弟便要娶了。"丰五郎面露羞怯,说:"哥哥不要拿我取笑,我们不过是送贺仪来的。"说罢一举手,从空中飞下一群蜂来,蜂儿落在地上,化身成一众小童,各捧礼物,金银首饰,珊瑚玛瑙,还有许多宝物叶五此前从未见过。

丰四郎对叶五说:"我家只是小户,梅山、竹山、松山的各处王公定还有重礼。"此时,又有一童,持一只犀角杯来到叶五面前,杯中有玉液琼浆,芬芳馥郁。叶五忍不住一饮而尽。叶五被财宝迷眼、美酒醉怀,竟觉得自己雄姿英伟,才令精灵生情。紫娘见叶五动心,喜笑颜开,唤人请二十一娘出来相见。人走到岩壁前,手作叩门状,口中喊道:"月升吉时,但问佳人。"语毕,山岩震动,巨石如门扉般推开,一个穿大红吉服的小娘子从石门中徐徐走出。叶五见她妩媚妖娆,觉得一颗心便要跳脱出来,满脸涨得通红。紫娘见状大笑不止。

众人把二十一娘推到叶五面前,叶五只觉一缕香风入怀,那妙人儿轻得可飘起来,软得无骨。紫娘又说:"良辰短暂,快在月下行礼吧。"二人跪在月下,二十一娘说:"便今生只许此人。"叶五说:"我也是这般。"众人又有诵祝贺赞,最后紫娘大声说,此二人结为夫妻。

礼毕，众人翩翩起舞。二十一娘拉着叶五也走入当中，随即舞动起来。叶五见她娇柔腰肢在衣裙之下时隐时现，峰峦河谷叠起百转千回，春光秋色尽在眼前掌中，只觉得如置身烈焰，口干舌燥。突然，有人在他背上拍了一掌。他便觉飘了起来，拥着二十一娘，飞入那巨石门扉中。

说到这里，叶五猛吃了一盏酒，便住了口。众人要叶五再说。叶五嘿嘿一笑，说："后来不就那么回事。"众人不依，还要他说。叶五哈哈大笑，说："比你们的娘子是要销魂多了。"众人恼他无礼。叶五毫不在意，离座而去。

叶五借着酒劲在坊间乱走，口中唱个曲子，从小娇娘的脚一直唱到酥胸。醉眼里，忽见得路上走来一人。那人贵公子打扮，神情沮丧。叶五认出那人是梅山上的丰五郎。丰五郎也记得叶五，他说："你老了之后，越发丑陋。"叶五吓得瘫坐在地上，口不能言，抖若筛糠。丰五郎叹一口气，说："我已身死，奈何你不得了。"说完，作歌而去，辞曰："渺渺兮天地何极，童童兮此心将息，此心将息无所依，宁不去兮所为何？琼瑶已报，其人知与？琼瑶已报，其人欣与？"

叶五觉得三十年往事尽数翻涌出来。

叶五与二十一娘恩爱了整个春天。那年春风去时，二十一娘忽然愁颜不展。叶五问她何故。她沉吟片刻，说："你可愿将真心给我？"叶五说："那是自然。"话音未落，二十一娘便成了一个老妇，毛齿脱落，皮肤斑黄，丑陋难看。叶五大叫一声，转身就逃。夜正深沉，山石各呈异状，草木皆具妖形。叶五心中惊恐万端，一路跌跌撞撞眼见就要来到山脚。山口处有一偌大桃树，桃树下有一老翁拦住了叶五的去路。老翁问叶五，为何夜间在山中行走。叶五便将事情说与他听。叶五不知，这老翁便是山神梅山公。梅山公问："你可应了她一生一人？"叶五说，应了。梅山公又问他，是否许了真心。叶五说，许了。梅山公又问："那你又为何舍她而去？"叶五说："我被妖媚模样、财宝美酒所迷，如何能作数？"梅山公冷笑不止。叶五急着出山，要梅山公让路。梅山公不让，叶五便挥拳向他。梅山公一声长啸，化作一条巨蛇，一口将叶五吞入肚中。

梅山公回到山上，将叶五从肚中吐出来，使藤萝缚住他的腿脚，令他不得逃脱。紫娘用冷水将叶五从昏死中泼醒。梅山上的精怪都来到此间聚合。梅山公站在群妖当中，他说："此人背信弃义，当死！"其余妖众都齐声说当死。此时，二十一娘从中走出来，她说："我们草木无心，你若将真心剖来给我，我便永远都是青春模样，你也可以活。"说完便抽出一把匕首，想要交给叶五。叶五惊慌不知所措。紫娘说："他便剖出来，也没有真心。"梅山公对二十一娘说："直管剖出心来，葆你青春就是。"二十一娘手持匕首，又走进一步。叶五面如死灰,出声哀求。二十一娘心中不忍,将匕首掷在地下,说:"只是我命苦,放你去吧。"丰四郎、丰五郎说:"这人坏了梅山的规矩,不是你一言就能放的。"紫娘说:"那便请丰家兄弟助我们吧。"丰五郎从地上拾起匕首,挺刃便刺,二十一娘却飞身挡在了叶五的身前。匕首刺入二十一娘胸中,却没有血流出来。她将胸膛扒开,给叶五看,里面空空如也,她说:"这里本应放着真心。"然后就不再说话,向无尽夜里蹒跚而去。

梅山公长叹一声,转身走了。众妖也渐渐散去。有个穿粉衣的小娘子最后离开,她解开叶五的束缚,说:"当日我不让你进山,你本该听我的话。"叶五不识得她就是当日的那个老妪,听得莫名其妙。那小娘子又自言自语,叹道:"不过都是为了真心。"叶五摸摸心还在胸前,便逃走了。

这一逃便是三十多年,直到眼前。

叶五闭目待死,五郎却不再理他,越行越远,一直唱着那首歌。

叶五此后的花木生意一落千丈,连丢了几个主顾,连太白楼里的涂红娘子也不再用他。

一日,叶五家中米尽,他望向屋外几株残花败柳,顿感厌恶。突然,有人敲门。领头的是个驼子,名唤行舍儿,乃是竹山夫人家的奴仆,他奉命来请叶五去竹山照料花木。

叶五笑道:"你看这院中几株死树,我都照料不来。"行舍儿也不恼，便从怀中拿出一包金子，说是酬劳。叶五不接。行舍儿又从怀中摸出一只葫芦。酒香扑鼻而来，叶五只觉醉了一般。他问行舍儿这是何酒。行舍儿冷笑道："这蜂王家的醉花阴你原也是吃过的。"叶五大惊，知他们也非人类，连忙关门，转身一看，竟见行舍儿已站在房中。叶五浑身颤抖，说："你也是来要我的心的么？"行舍儿哈哈大笑，说："我便要你的心，能奈我何？"听他话至此，叶五只得随他走了。

竹山在城西，行舍儿却向东走，叶五心中疑惑，又不敢发问。

一人数妖来到一条巷口，行舍儿嘱咐其他几妖看好叶五，他便走入巷中。大约过了一个时辰，巷中传出一声悲鸣。紧接着，众多鸟兽虫蚁从巷中窜了出来。其中有一只大狐对看守叶五的几妖说："头领被梅山丰五郎所害，我们快快回禀夫人。"那几妖不住哀号，又指向叶五。大狐会意，将叶五衔在口中，奔跑如风，转眼便已出城而去。

不多时，大狐率着众妖来到练江边上，略一犹豫，便飞腾过江。江对岸便是西干山，大狐在山间疾奔片刻，猛地停了下来，将叶五吐出，口中发出咆哮。叶五受一路颠簸，本已苦不堪言，此刻跌落地上，头撞山石，只觉呼不出气来。恍惚间，他见一个小沙弥拦住众妖去路。他想要呼救，又畏惧身边妖物，胆怯不敢。

那小沙弥法名静素明，是西干山上水西寺住持宗白头的徒弟。

片刻前,他与师兄析空正在禅房中下棋,猛听见妖风从东面刮来。析空笑道:"当年师祖能摄伏白王、师父能收匿松山,如今妖精却要来席卷我等祖庭了。"静素明听完此话,怒不可遏,他说要给众妖一个教训。他拿了枰间一粒棋子,来到山门前。

他将棋子变化成须弥山,拦住群妖去路。他立在须弥山前,叱道:"哪里来的妖精,敢犯我门庭?"那大狐见须弥山高不见顶,广大无边,却丝毫不惧,她口作人言,自称是竹山夫人家的奴仆,要借近路回山。静素明说:"岂由你想来便来?"说完,便升起须弥山要将大狐压在山下。大狐摇身一变,长高数十丈,竟勉强将须弥山驮在身上。静素明大喝一声,化身为帝释天王,站在须弥山顶。大狐一声悲鸣,被镇在须弥山下。众妖惊恐,伏地求饶。静素明冷笑不已,喝令群妖从速退去。叶五这才放出一声干嚎,直呼救命。

静素明走到叶五面前,问他为何与妖为伍。叶五讲了先前经过。静素明为他指回城的路径,叶五却不敢回去,求静素明收留他一夜。静素明很为难。叶五怒道:"你这方便之门为何不与我行方便?"静素明无法,引他去见析空,析空叹道:"你留与不留,却总是不方便。"

叶五还是在寺中住了一夜,第二日一早,叶五下山。行到山脚,远远见一只渡船向岸边驶来。叶五正要过河,忙放声喊船。

叶五待船靠稳,本想开口问渡,一见那船头之人,竟惊讶失神。

但见那人戴方巾着黑袍，流云飞雪，容光摄目，无以言表。叶五只觉勾魂动魄。他说："你怎生得比那姐儿还美？"黑袍人勃然变色，江水立时波浪汹汹，天上雷霆连绵不绝。黑袍人怒道："若非在宗白头的门前，定要取你性命。"又说："还不快滚。"叶五这才知他也非凡人，连忙作揖应诺。正想反身逃跑，却看见船舱中走出一人来，那人向黑袍人说话，感谢搭船的情谊。叶五心中好奇，便偷眼看去。只见那人皓首苍颜，一双黄色眼珠已盯住他。那人正是梅山之主，梅山公。梅山公嘿嘿一笑，连呼造化，说："今日冤家齐来聚头。"叶五想起他是巨蛇变化，立时吓得瘫在地上。梅山公令地上长出一丛荆棘，将叶五困住，说："我要先去见析空和尚，回来再同你计较。"黑袍人说："那和尚狡猾，叔祖留心。"梅山公一点头，便举步上山去了。黑袍人也驾船而去。

梅山公是钱塘王的庶子，这黑袍人是钱塘王的嫡脉、新安江的龙王。新安王今日还要再送一人过江。那人名叫茹林，是宋皇驾前副相茹亶望之孙、徽州通判茹楠之弟。他与析空和尚交好，听闻析空今日要断一桩妖精官司，大感有趣，便要来水西寺听审。茹林对新安王有恩，便教新安王来与他摆渡。

叶五此时被困在岸边，心中慌乱，盼望静素明救他，又担心便连静素明也斗不过梅山公。且在他胡思乱想之间，竟见那划走的船又回来了。新安王还立在船头，脸色比方才还差了几分。等船停稳，从舱中走出个十二三岁的贵家公子。他下得船来，便央求新安王同他一起上山去见析空和尚。新安王与析空有恩怨纠缠，直是不肯去，脸色更加难看。这个小公子叶五却是认得，正是茹林茹六郎。叶五早先曾给茹府送过花木，见过这位小官人，知晓他良心甚好。

叶五高呼救命。茹林走到他身边，看他置身在荆棘堆中，问他何故。叶五略讲了几句，词不达意。茹林听得厌烦，便径直从怀中摸出一只小鼠，令它噬咬荆丛。那鼠原是西湖孤山上的妖王，颇有神通，落难时被茹林所救，收为随扈。未料想那荆丛竟久咬不开。新安王在一旁道："梅山的铁荆丛，怕是天上的甲子神君也奈何不得。"茹林气恼，说要找析空来。新安王冷冷一笑，驾船而去。

茹林见新安王孤傲冷峻，又想起诸般往事，心中失落，他叹一口气，驻足在江边。那只小鼠跑到他脚前，化作一只巨鼠。巨鼠将茹林驮起，向山间走去。

巨鼠行走如飞，转眼就来到山门前。茹林见一壮汉正在平地上打拳，拳打在空中发出闷响，如打在岩石上一般。那壮汉脚下蜷缩着一个老妇，双目紧闭，浑身发抖。茹林喝一声，驭鼠上前，质问那壮汉为何欺凌老妇。壮汉自称是竹山夫人之子竹山郎。竹山郎说他是在救人，让茹林少管闲事。茹林不信，二人便争吵起来。

二人越吵越急，竹山郎争他不过，突然怪叫一声，化成一只山猪。头如巨岩，背如拱桥，腿如圆柱，蹄如方车。山猪向天长嘶，山林震动,鸟雀惊飞。茹林见状,心中生怯,几乎要逃走。他身下的巨鼠却寸步不退,将茹林放一旁,就立起身来,露出尖齿獠牙,与山猪对啸。

正在此时,一个老和尚手拿扫帚从山门里冲了出来,他用扫帚抽打相争二兽,口中骂道:"我扫了一上午的门庭,便都被你们踏乱了。"二兽伏在地下不敢动弹,任凭抽打。茹林心中不忍,从旁走出来,说:"都是我与他斗嘴,我也有错。"老和尚手中不停,问:"为何斗嘴?"茹林便讲述经过。老和尚说:"那妇人眉间有一粒棋子,你拾了去,便放她自由。"茹林走近前去,见那老妇眉间果有一粒棋子。他将棋子轻轻拾起。那妇人站起身来,轻敛裙裾,向茹林施礼答谢,又跪在老和尚身前。老和尚说:"你便去吧。"老妇人满面是泪,手指那山猪,磕头不止。老和尚说:"他皮糙肉厚,挨得打。"茹林心中焦急,说:"我那灰哥儿却是大病刚愈,挨不得。"老和尚住了手,对茹林说:"你竟能举起须弥山,莫非是我最后一个徒弟?"茹林笑着推辞,又说,便要出家,也要当析空的徒弟。老和尚哈哈大笑,将扫帚扛在肩头,飘然下山而去。

茹林见那老和尚走远,上前轻拍巨鼠的头,将他变作一只小灰鼠,收在袖中。山猪也变回那个汉子,他向茹林一拱手,说:"你害我挨了宗白头一顿打,却救了我家老仆,我与你无恩无怨。"茹林这才知道那老和尚竟是析空的师父。他为适才无礼感到羞愧,灰心丧气,准备下山。竹山郎见他要走,将他拽住,怒道:"你莫非还在生我的气?"又说:"罢了,便给你打几下出气。"茹林见他天真鲁直,笑出来声。不敢再争辩,任由他牵着,进了山门。

走不多时,来到水西寺,静素明见茹林与竹山郎走在一起,大感奇异。他识得同来的老妇便是昨日里的大狐,更感不可思议。他对竹山郎说:"毷哥儿,几日不见,你竟有了扛山架海的手段。"竹山郎手指茹林,说:"你那大山是这位小哥搬走的。"静素明对茹林笑道:"若我师父听闻,他定要收你当徒弟。"茹林支支吾吾,说了方才之事。静素明大笑,说:"老和尚回头一定会整治我那师兄。"

几人进了寺,来到析空的禅房。析空见茹林进来,便望他一眼。茹林心虚,不敢多话,默默坐到他身后。析空对竹山郎说:"本要压那狐狸三年,既然因缘生了变化,那就饶了她。"竹山郎连忙称谢。析空说:"谢与不谢,随缘不变。"析空又说:"寺中要修一座佛阁,那新安王本来认捐了钱粮,却迟迟不送来。"竹山郎莫名其妙,老妇在一旁说:"老婢存有几万贯钱,愿献来修寺。"析空笑着点头,多看了她一眼。

此时,房中另有一人跳起来说道:"你这和尚,刚从我这里拿了五万贯,怎好两边要钱?"茹林不认得他,便低声问静素明。静素明说,这人便是梅山之神梅山公。今天便是梅山竹山两家找析空评理。

析空说:"捐钱修寺,自有功德,与今日评理无关。你便把金山堆到我面前,无理便还是无理。"梅山公哼了一声,不再说话。

析空让双方各自说话,茹林这才知道,原来是一桩糊涂官司。

徽州城外有三座大山,梅山、竹山和松山。三山之主是巨熊白王。白王被降伏后,三山另立山神。数年前,松山之神虬云侯不知所踪,松山被宗白头收在袖中。竹山之神是山猪,梅山之神是大蛇。梅竹二山中的洞府门庭百年交好,相互联姻。两百年前,由白王做主,将梅山桃三娘许给竹山郎。因白王离去,此事便耽搁了。两年前,桃三娘修成木心,为逃避雷劫隐在人间,未料想与凡人相恋,将木心赠给那人。竹山将桃三娘强娶回山,不料雷劫恰至,把桃三娘殛死。梅竹两家相互指责。领差办这强娶之事的是竹山的蜗牛行舍儿,他却也爱上了人间女子。这女子原先的情郎搭救过梅山的丰五郎,丰五郎为报恩助其与行舍儿相争。行舍儿一时意起,捣毁了蜂王家一处洞府,又领人将桃三娘的桃根挖去了竹山。昨日里,行舍儿去看自家娘子,被丰五郎设计杀死。

析空说:"这一切都是因缘示现,果报循环。"

梅山公说:"便也有是非曲直。"竹山郎说:"正是。"

析空说:"这题中众人都已丧命,是对是错,你们还想让谁丧命?"

梅竹欲语又止。析空说："都去吧，都去吧。"

梅山公向析空告辞，竹山郎便也只好走了。茹林低声说了句："诈了人家几万贯钱财，却没干什么事情。"静素明在一旁听见，笑出声来。析空怒视茹林，道："你今日陷害我之事，还未与你计较。"茹林有愧，他说："便任你打骂。只是梅山公捉了我的一个旧识，你去救他一救。"析空拒绝了，他说："报应示现，随缘不变。"

却说那大狐鼻子灵异，她嗅得叶五还在附近，便引竹山郎前去找寻。二人先梅山公一步见到叶五。竹山郎怒道："是哪个将他囚在此地？"叶五不知竹山郎身旁的老妇便是那大狐，他立刻开口呼救。此时梅山公也赶到，他要将叶五带回梅山。竹山郎不同意。梅山公冷笑道："你若能破了我的铁荆丛，人便任由你带走。"

竹山郎现出山猪本相，周身坚如浑铁，向那荆丛冲去，只撞得地动山摇，将那荆丛撞开一角。梅山公大怒，也现出巨蛇本相，与山猪对峙。大狐在一旁笑道："梅山爷爷，你是一方之长，说话不作数么？"梅山公冷哼一声，说："权且记下，来待重逢。"说完就游入练江中去了。叶五见了这般阵仗，早已惊呆，口不能言。大狐强行将他从荆丛中拉出。二妖一人向竹山去了。

竹山在城西八里处，叶五本也常去采挖花木。此刻，见竹山郎和叶五同来，山路旁的柳樱梅杏纷纷开口哭诉，说叶五曾拐走过他们家子侄儿孙。叶五大惊。大狐喝令众木住嘴，她说："他是夫人和小相公请来的客人。"又走了一段山路，来到一处缓丘，叶五脚下一滑，从山丘上滚了下去。

叶五落入山脚密林，他在林中不辨方向，胡乱行走。走没有多远，林中忽然开阔，现出一片平地，处处闪着炫光。有人用黄金在此造了一座花园，亭台楼阁都是金做，就连树木花卉也是金的。叶五惊极生恐，不敢前进。此时，花园中走出一个鸡皮老妪，她问叶五为何至此。叶五支吾不知所言。老妪说："回头去吧，我是救你性命。"说完就消失了。

叶五不敢停留，反身又走入林中。不多久，忽见数里外土屑飞扬，林木纷纷倒伏。转眼间一猪一狐便立在叶五面前。竹山郎化回人形，抓住叶五的肩臂，押他前行，竟又走回那黄金园。竹山郎说："你与我救一棵树。"大狐在一旁说："若是听话，必有你的好处。"叶五不敢不应。竹山郎带他转入花园深处，来到一片池塘边，见有一截桃树桩被掩在土中，零星发几片叶子，也是焦黄枯弱。叶五说："你这池中都是金汤汞水，如何能用？"他让竹山郎去迁沃土引山泉，竹山郎满口答应。

过了一月有余，那截桃桩生出一蓬新芽，欣欣向荣，竟有复苏之相。竹山郎每日来看，眼见此状，欣喜不能自已，他对叶五说："世上凡有之物，你想要什么赏赐，尽可说来。"叶五欲言又止，那大狐在一旁说："只是回家二字，你也休想。"叶五连说不敢。竹山郎走后,叶五坐在桃桩之旁,嘲道:"不在花花世界,要那世上之物,又有甚用?"那个老妪又出现在他面前,老妪说:"你何苦要救我?"叶五莫名其妙。老妪手指那桃桩,说自己乃是桃树之精桃三娘,曾与叶五在梅山见过。叶五见她和善,并不惧怕,说:"若不救你,我立时便有性命之忧。"桃三娘叹道:"他又何必强求?"

第二日,竹山郎又来,叶五向他说起桃三娘之事。竹山郎即而发狂,他扑到桃桩上,高声叫喊,语不成句,桃三娘却没有出现。此后也不再现身。

转眼秋至,万物凋零。竹山郎见桃桩落叶,寝食难安,他对叶五说,如不能令桃桩回春,便要取叶五性命。叶五分辩说,草木受四时更迭所制,非人力所能为。竹山郎不信,他一拳将叶五打倒在地,喊道:"她死之状,我怎能再见!"竹山郎一拳紧过一拳,叶五眼见气绝。这时,桃三娘出现,她鬓发如雪,佝背低腰,她说:"竹山郎且饶他性命。"竹山郎见她大喜,待看清形容,转而大惊,说:"三娘如何变成这般?"桃三娘说:"月有阴晴圆缺,木有繁荣枯萎,何况我死余之身。"竹山郎撕开胸腹,掏出热心,他说:"木无心,才受这年轮之苦,你便拿我的心去。"桃三娘淡淡一笑,说:"我的心都给了别人,又怎么敢再奢望你的?"竹山郎掩面恸哭而去。

桃三娘将叶五扶起,说:"我难过今冬。我死之后,竹山必要杀你。我已有罪,不忍再连累一人。"她又折下一指作为信物,劝叶五避去梅山。叶五不敢去，桃三娘笑道："我临死之托，梅山公和兰家不会难为你。"叶五临走，他问三娘，为何竹山郎舍得剖心给她。桃三娘叹道："说与你听，你也不懂。"叶五似懂非懂，趁着夜色，逃出竹山。

桃三娘听秋风哀号，见黄金园中无一花凋谢。她叹道："千年过眼，我竟也走到这一步。"此时，走来一个穿青衣的小娘子，她问三娘："千年中，你可有悔恨？"桃三娘笑道："便也有的。"又说，恨不曾亲口向那人说出真心。那青衣娘子从袖中拿出一面小镜，让桃三娘日日佩戴，时时照抚。桃三娘见物大惊，她说："这是龙宫里的朱颜镜，你是临安柳家的嫡脉？"青衣娘子自称柳细娘，是临安柳郎之妹，竹山郎的继妻。她说竹山郎已颠倒拂乱，只将心托在手上，逢人便问为何桃三娘不要他的心。柳细娘说："竹郎敬我厚我，我深爱他，不忍见如此。"说完就消失了。

再说叶五奋力跑到梅山。此时天已微亮，几个樵夫进山砍柴，他们见叶五狼狈，便笑他说："你是才睡过兰仙，不曾洗漱么？"叶五只顾上山，他回到当初遇见二十一娘的岩壁，心中既恐惧又期冀。他坐在一块山石上，想起过往，又想起竹山郎剖心。梅山公突然出现在他的眼前。梅山公大喝："负心人，你怎敢回来？"叶五说桃三娘将死，让自己来梅山避祸。梅山公冷笑。叶五又说带有三娘信物。他搜遍全身未找到断指，只找出一截枯枝。梅山公一见枯枝，凄然发啸,他说,桃三娘死也应死在梅山。他令人去钱塘龙宫搬兵,又令人通知黄山、齐云山的亲眷和分家。入夜之后,梅山公点起满山草木禽兽,向竹山去了。

二十一娘也在众妖之中,她认出了叶五。此时叶五已从少年成了老翁。她问叶五说:"你那胸中的真心可曾给了别人?"叶五嚅嚅,不敢应。

群妖来到竹山前,见大狐守在路口。她对梅山公说:"我家夫人在星宫为摩利支天祝寿。你们此来讨不到茶吃。"梅山公说:"谁要吃你的茶!你们将桃三娘还来,便可罢休。"那大狐哈哈大笑,说:"白王指婚,摩利支天作证,东吴太子牵媒。你们不认账了么?"梅山公说:"便踏平你这竹山,好让她守寡改嫁。"

正说话,齐云伯丰四郎快步走出。他手持一张强弓,拈箭就射那大狐。大狐抬爪将箭拨回,箭带起狐火,射在梅山阵中。隐在暗处的狐子狐孙纷纷现身吐火,立时一片火海。梅山阵中的草木之妖战栗不敢向前。梅山公朝空喊道:"钱塘的兄弟何在?"话音未落,电闪雷鸣,暴雨倾盆。梅山公令地上长出铁荆丛,困住大狐,丰四郎又射一箭,中在大狐胸口。大狐哀鸣,口中吐出血来。血落在地上,开出黑色花朵。群妖闻到花香,忽然落到一片黑暗中。森森然,飞来一只乌鸦,呱呱乱叫。梅山公踏前一步,叫道:"乌老四,你竟敢擅开枉死城?"这乌鸦是阴间枉死城的守将,他停到梅山公肩头,说:"我城中有三十万鬼兵要发饷,你便也可使几万贯钱来。"梅山公大怒。此时,群妖中跃出个骑虎的郎君,他是黄山西海大君的丈夫,江南兰仙之首,他将一株兰花举在胸前,现出三头八臂,喝一声:"西海兰七有请日月尊天!"日宫天子和月宫天子应声出现,日月之光照开鬼界。众妖脱困,继续向前。

竹山间的小妖见大狐伏诛,畏惧不敢现身。叶五为群妖引路,一路畅行到黄金园。黄金园中,有人在唱歌:"渺渺兮天地何极,童童兮此心将息,此心将息无所依,宁不去兮所为何?琼瑶已报,其人知与?琼瑶已报,其人欣与?"丰四郎听罢,落下泪来,他说:"这是我母亲临终前的遗句,谁人在这里唱它?"那歌者走了出来,正是桃三娘。她穿一领粉色襦裙,面容如同人间的美娇娘,神色却忧伤。她说:"梅山爷爷何苦来此?"梅山公大喜过望,他问:"谁有这手段,能令枯木回春?"桃三娘不答他话,只说:"我心已死,难见来春了。"梅山公叹道:"草木无心,顽石无情。回我山中,便只做一树,任那沧桑变化,管他甲子翻腾。"桃三娘一笑,将朱颜镜取出,临镜照影。她说:"便千百年只做那一截蠢木,与死又有什么分别?"

此时,从远处走来一个穿青衣的老妇,她手指桃三娘,斥道:"我救你性命,你为何引人来坏我竹山?"桃三娘将朱颜镜还给那个老妇,自己就变回垂垂老状。那老妇立时变成一个美貌的小娘子,正是竹山郎的继妻柳细娘。桃三娘说："我的性命谁也救不了。"柳细娘摇头，她说："你若死了，竹郎必悲痛欲绝，他对你一片真心，你为何装作不知？"桃三娘想了一想，走到梅山公的身旁，她说："梅山爷爷，你回去吧。是我欠竹山的。"此时，兰紫娘从众妖中站出来，她说："你爱的那凡人胆小懦弱，不如你要了竹山郎的心，就可不死。"桃三娘哈哈大笑，她说："我的爱人英武勇敢，你岂能知？"又说："更何况，我给了他真心，便给了，何曾在乎其余？"二十一娘和叶五都将此话听在耳里。柳细娘也听在耳里。

竹山郎忽然出现在黄金园中，他将心捧在面前，对桃三娘说："我听说你要走，便把我的心也带走吧。"桃三娘摇头，她说："你的新妇爱你很深，你不要辜负她。"竹山郎说："我的心已是你的了，我又能奈何？"

此时，天渐亮。东方传来隆隆震响，片刻便到耳边。空中奔下一只山猪。那猪硕大，昂头便在云间。这山猪正是竹山之主，她从星宫回返，见竹山被梅山公所陷，怒而嘶吼："为何坏我竹山？"梅山公说："本是来接三娘回家。她既不愿走，我们这就去了。"竹山夫人怒极反笑，说："怕是不能这么容易了。"她踏得地动山摇，向梅山公冲来。丰四郎跃出阵来，打个呼哨，空中现出蜂群。蜂针化箭，如一片乌云向竹山夫人射去。却见竹山夫人不避不退，向前疾冲。箭射在她身上，如射中顽石，纷纷折断坠落。丰四郎惊得跌倒在地，竹山夫人冲到丰四郎面前，眼见就要将他踩死。狂风乍起，巨蛇从风中显形，将竹山夫人卷到空中。石破天惊，山崩地裂，一猪一蛇缠斗起来。

梅竹二山的群妖乱斗成一团。有个雉精，原是行舍儿的奴仆，他认得叶五，恨他为梅山带路，一刀刺在他胸前。二十一娘从旁闪出，将雉精击伤在地。那雉精冷笑道："你一个倒贴的东西，羞也不羞？"二十一娘大怒，将雉精杀死。叶五气息奄奄，他望向胸前之刀，知道自己必死。他想起一生，觉得浑浑噩噩，如同草芥蝼蚁，最得意快活的竟是多年前梅山中的数月。他连叹数声，对二十一娘说："我已将死，拿我心去吧。"二十一娘冷笑道："我可不是乞婆流民，怎要你施舍？"叶五大笑，咳出血来，他说："我并非对你无意。"说完，奋力用刀拉开胸膛，立时气绝。二十一娘从他胸中捧出心来，说："终是归我了。"她没有狂喜，竟有些失落，看满山争斗，无心再战，悄悄下山。

二十一娘行到山脚，见两个和尚迎面走来。二十一娘不认得他们是国师素能四水和析空。素能四水对她说："小花儿，你取了他的心，为何不要他的人？"二十一娘说："他骗过我，我不敢信他。"析空笑道："你已信了，快回去将他带走，免得后悔。"二十一娘觉得四肢手脚丝毫不能做主，只跟着两个和尚回了竹山。

来到山间，素能四水见尸横遍野，双方仍激斗不绝，他心中不悦，对析空说："这便是你调解之果？"析空说："因缘如此，无可奈何。"素能四水叹一口气，走到高处喊话，想令双方住手，却无人理他。素能四水大怒，现出白熊真身，发出咆哮，愁云惨淡，群山回响。梅山公和竹山夫人见到白王降临，齐声惊呼。群妖委顿，伏地求饶。素能四水说："我一去百八十年，回来时竟见你们手足相残。"

此时，桃三娘站起身来，走到群妖之前，她对素能四水说："诸事皆因我而起。"素能四水变回老僧，他将桃三娘化作一朵桃花落在肩头。竹山郎追上前来哭喊，要素能四水还他三娘。素能四水将他变成一只小猪抱在怀间。他对群妖高呼一声佛号，说，若还有谁心中不服，可到临安报恩寺来找他。然后，他三顿足，黄泉刺史现身相见。他令黄泉刺史收了死去妖精的路引，让他们复活。析空出声劝阻他，说："不变随缘。"素能四水点头，收回了复活之愿。最后，他走到二十一娘的面前，将叶五的心放入二十一娘的胸膛。叶五醒转过来，二十一娘却没有变回青春样貌。二十一娘喜极而泣，她对叶五说："你对我竟有一丝真心。"叶五死后重生，讶道："你为何还是老妇样貌？"二十一娘说："我得少年之心，才能青春不老。"叶五哈哈大笑，说："老翁老妪，倒也正好。"

群妖散去，素能四水说："天下大乱，人世间尽是些诡谲伪诈。他们在此争斗，虽令我伤心极深，却比那无情的凡人好上千倍百倍。"

析空不置可否。

数日后，茹通判家的茹林茹六郎来与析空吃茶，央求析空说些趣事给他听。析空便说了这一段梅山竹山相争。茹林说："国师果真说人不如妖？"析空称是。茹林不满，他说："世上大好男儿、多情女子岂是他一个和尚能够妄论的？"宗白头听见此评，高呼连连，复问茹林可愿做他徒弟。

一个月后，柳细娘将本身之木移种到临安报恩寺内。他的兄长问她何故，柳细娘只说思念故土，想在娘家长住。

正德年，《新原笔记》载，明州有狐狸作祟，苦主求至伽蓝神驾前。伽蓝神说，这狐狸前世有三万贯钱功德，不便降他。连求数庙皆是如此。苦主无奈，买三万只鸡献给狐狸，乞抵功德。立时，百里内鸡价飞涨，传为笑谈。

天启年，一众奸人听闻徽州城外梅山有叶姓大墓，便贪心盗掘。果然墓室豪侈，陪葬无数。奸人以为棺中更有异宝，又发棺椁，却见棺中无尸，只生一株兰草，其花洁白，泛有莹碧幽光。

# 虎 魄

茹楠,字嘉木,是兵部侍郎茹成之嫡子,副相茹亶望之孙,绍兴三十一年进士。

茹楠在族中行三,十岁时还没有学会说话,人们以为他是个哑巴。茹楠之母郁夫人颇有见识,她不以为然。郁家是徽州旺族,徽州群山环绕,有许多奇人异士。

绍兴二十年,有个徽州术士受茹家邀请,来到临安。术士名叫元辰,他见到茹楠后,非常惊异。茹楠之父茹成向他请教。他说,茹楠不是哑巴,至今不能说话是因为七魄失了其一。茹成便问他如何救治。元辰说,此并非难事,只要抽取他人一魄渡给茹楠即可。茹成大惊,说:"损人利己,非我所为。"元辰面有难色,说:"即便不是人类,生灵之魄,也勉强可行。"茹成认定元辰行邪术,以为夺取生灵之魄,同样有干天和。

元辰走后,郁夫人派人私会元辰,问他取魄之事。元辰说,蛟龙凤鸟毕竟难求,虎之魄勇猛刚正,鹤之魄孤洁轻灵,都是上选。又说,取魄当选幼畜,清净无染,懵懂稚嫩。人沉吟片刻,随即向元辰深拜,说:"我家主母一介女流,不能亲自去操办,盼望先生协助。"说完,又捧出金珠首饰,作为劳动元辰之资。元辰没有接受报酬,只是约来人三月之后再见。

三个月后,元辰又来临安。人与元辰相见。元辰从怀中取出一只小畜。人见那畜生状如狸猫,发出嘤嘤鸣叫,大感不解。元辰说:"这是一只幼虎,乃黄山西海大君亲生,正是取魄的良材。"他向来人嘱咐,将此虎养在茹楠身旁,令虎魄与茹楠熟识,不相排斥,以方便来日。人立即向元辰告别,带着幼虎回转茹府。

又过了三个月,元辰来到茹府,要为茹楠施术。他见茹楠怀抱幼虎,亲密无间,深感此术必成。元辰将法器符箓摆放停当,方要施术,竟听那幼虎口出人语,说:"三哥,莫要让他伤我魂魄。"茹楠听闻此话,便打翻踢乱元辰的法器阵图。元辰被术法逆制,不能行动。忽地天地间刮起一阵狂风,那幼虎便不见了。

元辰脸面丢尽,告辞而去。郁夫人此后数年郁郁寡欢,绍兴二十五年生下次子茹林后,就去世了。茹成极钟爱长子,觉得深肖己身。

绍兴二十六年,一日,家塾中新聘了先生。茹楠不能随堂诵读,先生不知所以,以为他轻视自己,便要惩罚茹楠。族中顽劣子弟反而起哄叫好。此时,凭空刮起一阵狂风。有个小娘子从风中走出来,英姿飒爽,顾盼璀璨。她用手轻点茹楠眉间,然后就消失了。

狂风散尽,茹楠立时开口说话,从此文思敏捷、出口成章。他竟不记得失语往事,旁人提起,他笑而不信。

茹楠二十一岁即中进士,初便任太子中舍人。绍兴三十二年,宋皇逊位,太子登基。隆兴元年,张浚北伐中原,在符离被金人大败。第二年,新皇拟命茹成出使,与金和议。茹楠请求同往。茹成叹道:"我这一去,无论成败,必被骂作国贼。你又何必同往?"茹楠说:"如果是这样,就更应与您同行。父子同心,共赴忠恕,又何畏天下诽谤?"

不久,新皇下诏令茹成领兵部侍郎衔为金国通问使,茹楠也在使团中。一路上,金人多次索要国书,又提出割地进贡的和议条件。茹成一概不许。

乾道元年,茹成到达金中都,见到金主。金主见国书中不称臣,大怒,断绝茹成一行饮食。茹成不为所动,仍旧据理力争。有金人孔武好战,对和议不满。他们听闻宋人文弱,便向金主献计,想要令茹成出丑。金主依计传召茹成,假言同意和议。茹成众人不疑有诈,应召前往皇宫。众人来到殿旁廊道,遥见廊中柱上拴有十数只饿狼,眼生绿火,长嚎不止。使团中有胆小者立足不敢前行。茹成怀抱国书,神色如常,慨然向前。茹楠疾步前趋,紧随其后。二人走到群狼之前，群狼见到茹楠走近，立时静默，有的将尾巴倒夹在两股之间战栗不已，有的立足不稳跌倒在地，更有屎尿齐下者。茹家父子二人进得殿来，金主惊异不已，以为宋人通灵。和议就此达成。

后来，有好事者将茹楠奇异往事传回金都。金人敬其孝勇，称茹楠为"虎魄郎君"。

乾道二年，茹成病重，茹楠延请天下名医，竟无一人能治。新皇认为茹成有功于社稷，下旨迁茹成为同知枢密院事。此时，和议消息传出，临安城沸沸扬扬，以茹成比秦桧、童贯。茹成以病为由，辞不就职，休致在家。有不平者对茹成说："你为社稷远赴险地，今又积劳成疾，愚民竟说你是奸臣，公道何在？"茹成说："如此，看谁还敢再行秦、童之事，天下正气可以不绝。"茹楠在一旁说道："君子行事，不问此身荣辱得失，但求无愧于心。"茹成哈哈大笑，说："我儿知我。"人叹服茹家门阙高绝。

这年冬天，茹成被游侠刺杀，头挂在余杭门上。天下为之震动。茹成幼子茹林问茹楠，除夕未到，为何城中张灯结彩，喜气洋洋。茹楠说，这是为了庆贺茹成身死。茹林听后，放声痛哭。茹楠说："父亲以病残之身了却心愿，你又何必悲伤？"次年春，皇帝令茹楠通判徽州。茹家兄弟坐船离开临安，船行到余杭门前，茹楠遥望城楼，对茹林说："你也要成为像父亲一般的伟丈夫。"十年后，茹林经高僧析空点化，受因缘驱使重回余杭门。他想起长兄当时的话，感慨万千，说："天地浩然正气，慷慨啊，正如我父我兄。"

茹楠多年不曾婚娶，族中长辈申斥其不孝，话传到同知枢密院事茹亶望耳中，茹亶望说："你们碌碌牛马，怎么会知晓猛虎的心意。"

乾道四年初夏，知州孙放鹤令工曹张青在练江上修造一座大桥，茹楠令押衙程直辅佐。夏天洪水频发，桥基几次被水冲毁。石料短缺，程直很发愁。程直向茹楠提议，加征民夫去远处采石，茹楠叹道："万民辛苦，不忍再加徭役。"他令程直再想对策。一天，程直在工地上巡视，忽然从路旁走出一个身穿赭黄裙的娘子。她不说话，以手示意程直随她去。程直是正直君子，担心这个娘子遇到难处，便随她前行。走了许久，那娘子只是缓缓而行，竟也不焦急。程直忧心工程，便开口问那娘子到底所为何事，连问三遍，那娘子也不回答。程直对她说明自己身有公差，不能远行，便转身返回。走出不远，穿过一处松林，突然天光乍暗，从林间跳出一只白额吊睛猛虎。程直大惊，拼命奔逃。跑出不知多远，程直终于力竭，瘫软在地。猛虎已无踪迹，程直看着此处林间有一座座石山，突然喜从中来，建桥之材正在眼前。几天后，他带人再来此地开窟取石，有野老相告，说此地乃渐江之畔的花山，花山之神正是一只白额猛虎。茹楠听闻后，亲往花山，献祭三牲，感谢山神赐石。后来，程直向茹楠细说缘起。茹楠问了那赭黄裙娘子的相貌，觉得自己与她似曾相识。

又过了一年，大桥修成，司农寺卿谢山亲题此桥为"桃花桥"。

茹楠要重重奖赏程直，程直却因爱人去世而心灰意懒，向茹楠告假散心。术士元辰是程直的好友，他听闻程直告假，满心欢喜，便来邀程直一起游玩。二人放船顺流而下，在建德玩了几日，又逆流而上，来到渐江流域。程直向元辰说起当时猛虎赠石的故事。元辰听闻此事，暗卜一卦，然后放声大笑，说："该我才得了宝贝，就能报了旧仇。"程直不解。元辰说，他寻这虎已有多年，他与这虎有一段旧账。程直还要再问，元辰表示以后再细说不迟。然后元辰弃船登岸，向花山深处走去。

程直等了许久，也不见元辰回来，便也登岸。他刚走到林边，就见元辰从林中跑了出来。元辰对程直说，已布好法阵，成败便看此一举。说话间，突然地动山摇，元辰从怀中取出一物，向林中掷去。那物闪出五彩毫光，一射入林中，大地更加猛烈一晃，然后四野便平静了。元辰鼓掌说："我那宝贝是蜂王之针，谁人能胜？"程直惊道："你难道将花山之神射死了？"元辰说："不死也丢了半条性命。"程直怒道："山神与我有恩，我怎引你来害他？"然后程直奔进林中，元辰紧随其后。待到了林中，元辰向布阵之处找去，见阵中哪有什么猛虎，只斜卧了个穿赭黄裙的娘子，气息奄奄。元辰从怀中取出匕首，程直将他拦住，问："你莫非还要杀人？"元辰说："她哪里是人？她便是那虎。"程直不信，又说无论是虎是人都不能杀。二人越闹越僵，程直将这娘子托给船夫，竟拉元辰去见了官。

待来到堂上，茹楠断案。元辰见是茹楠，说这事与茹楠也有相关，便将过往都说了出来。茹楠浑不记得这些事，觉得元辰一派胡言。他传那娘子来到堂上，令元辰让娘子现出虎形，否则便要问伤人之罪。那娘子本已气若游丝，待见到茹楠，忽然振作起来，任凭元辰如何念咒施术，只是冷笑不语。一刻过去，那娘子还是好端端站着。茹楠大怒，令衙役杖打元辰。元辰这才想起茹楠与虎之间的因缘，暗叹自己背运。

断完公案，茹楠回府，竟发觉那娘子一瘸一拐跟了自己一路。他问那娘子还有何事，即娘子以手指口，示意不能说话。茹楠怜悯她，让府中管事安排她做个差事。管事见她又哑又跛，便安排她去看管仓库。

茹楠之弟茹林养了一只灰鼠，原是西湖孤山上的妖王，犯了事，本要死了，被茹林救下，平日里变做巴掌大小藏在茹林的袖中。无事时，在茹府中横冲直撞，无人敢管。这鼠也爱待在仓库之中，视仓中谷米为己物。这天管家送那娘子到任，一进门，就见仓库里卧了一只巨鼠，有如一头牛大小。那娘子抄起身旁一根扁担，便抽那鼠。灰鼠一声尖叫，赶忙逃窜，那娘子一路追打直到茹林门前。茹林推门出来，连忙喝止，灰鼠已被打得浑身是血。管事赶到，向那娘子说明这灰鼠乃是府中豢养。那娘子深感歉意，连连向茹林赔礼。

茹林不好发作，便骂灰鼠无用。灰鼠能说人话，他说，一见那娘子，竟像寻常老鼠见了猫一般，只想逃走。茹楠听闻此事，哈哈大笑，将这娘子调到自己房中伺候。

茹楠给那娘子取名叫赭娘。渐渐地，茹楠发现赭娘与自己心意相通，自己不需吩咐，赭娘就知道自己所想。平日伺候笔墨、膳食、茶点，二人可整天不说一句话。茹林也察觉了此事。他有一次戏言，说："我那哑嫂子最懂哥哥的心。"赭娘被他说红了脸，将灰鼠捉在手里要挟茹林。茹楠在一旁哈哈大笑，不加否认。

又过了一个春天，有族中长辈茹克升迁，路过徽州。茹楠在家中设宴款待。酒席上又提及茹楠娶亲之事。茹楠诺诺，茹林说赭娘便如同他嫂子一般。茹克说，便可收入房中做妾，但娶妻仍是大事，不可耽误。赭娘在屏风后听闻此话，几近失态。夜间，二人独处时，茹楠对赭娘说："你惊慌那时，我竟也有感应。"赭娘怕他说出不利之话，垂下泪来。茹楠笑道："你我相知，为何还不信我？"

茹楠修书给祖父茹亶望，言明要娶赭娘为妻。族中宿老听闻赭娘来历不明、又哑又跛，纷纷反对，竟有人要动用家法。茹亶望笑道:"能赢得猛虎之心的也一定是猛虎。"他并未反对，让茹楠自决。

茹楠向赭娘说，要去她家提亲。他问赭娘是否还有亲眷。赭娘点头。他又问赭娘娘家在何处。赭娘却口不能言。茹楠连猜几次，赭娘都摇头。茹楠还要再猜，赭娘制止了他。她示意茹楠闭上眼睛。

此时，茹楠的心中显出一座奇峻的大山来，云蒸霞蔚，飞瀑流岚，恍如仙境。茹楠知道这是赭娘的家乡，但自己却不识得，他又犯了难。茹林给他出主意，说，水西寺的高僧析空神通广大，可去一问。

茹楠去见析空，析空听闻来意，笑道："你那新人出身高贵非凡，人世间仅有宋皇的帝姬能相提并论。"析空让茹楠回家准备提亲礼物，他愿陪同亲往。

半个月后，茹楠众人来到黄山脚下。程直也在提亲队伍中，他见那好一座山，浮在云海之上，如同蓬莱仙岛、天上玉京，惊得呆立失语。析空令队伍停下，对茹楠说，要等一位大媒。茹楠便问是谁，析空指给他看，那人已经来了。山间走下一位老僧，穿一领白僧袍，披一件白袈裟。茹楠却也认识，此人是皇家报恩寺的主持、国师素能四水。他曾是世间霸主，被析空的师祖点化，出家为僧。茹楠、析空等人向素能四水行礼。素能四水哈哈大笑，对茹楠说："你好生福气，羡煞我这老和尚了。"素能四水说，他要和析空先上山去通知主人，让茹楠领着众人慢慢行来。茹楠向素能四水问路，素能四水说："便一直走，只有一条路。"

众人走了大半天后，人困马乏。又走了一个时辰，山路渐陡，马不能行。众人弃马，手抬礼物向上，越走越慢。待来到天都峰下，众人已经气衰力竭。茹楠对众人说："我听说古时真正的勇士不达目的绝不罢休，我们又怎么能半途而废呢？"众人爬到天都峰顶，天色将晚,太阳将天边群峰染成一片炫红。赭娘立在霞光之中,人们看着她,忘记了她又哑又跛,像看见了一棵娇柔又坚韧的幼松。赭娘手指西面群峰,茹楠会意,知道她的家便在那处。但是,茹楠看见重峦叠嶂、山川迢迢,又忧心何时才能到达。忽然,云海拨开,空中驶来一只船。船头立着一个黑袍公子,鬓旁斜插一枝红杜鹃,腰间系着一根绿藤萝。他向茹楠行礼,笑道:"女方家的媒人来接新相公了。"这人茹楠也认识,乃是茹林的好友,新安江里的龙王。龙王请茹楠和赭娘登船,其他众人由程直领着下山接应。船无桨自行,驶在云波之上。茹楠俯仰天地,看宇宙瑰奇,觉得心中广阔又渺小,喜悦翻覆却又有寂寥。赭娘立在他身旁,轻轻微笑。

　　船行到落日尽头,空中忽然出现一座宫殿,重檐斗角,飞桥复道,壮丽非凡。门前立着一众宫娥彩女,把赭娘簇拥着迎入宫去。龙王对茹楠说:"此间的主人要亲自出来接你。"正说话,宫门大开,素能四水和析空先走了出来,又走出许多俊美的少年和少女。众人拥着一位威严的美妇人和一位英武的郎君。美妇人上前来细细端详茹楠,连连赞好。她拉着茹楠的手走入宫中,来到一处高台之上。筵席已开,珍馐美馔、奇珍异果堆满桌盘。席间,那美妇人自称西海大君,是黄山西处群峰的主人,她的丈夫是蕙草之仙兰七郎。赭娘便是他们的女儿,小名唤作云生。茹楠这才确实知晓,赭娘果然是神仙苗裔。他请素能四水代他发言。素能四水朗声说道:"人间宰相世家、世上诚实君子、真正的勇士，唯有这样的人，才配得上山君地祇、西海神女。而因缘又曾屡次示现，我作为宿缘的见证人，向大君郑重地提出婚约。"西海大君点头。她请新安王代她发言。新安王说："世间的权贵宰相何其多也，天神地祇又何其多也，而诚实的君子、真正的勇士难以寻找，相爱的人委实难得。愿誓言如山河万古不改，我作为山河的见证人，同意公子的婚约。"宾主开怀大笑，约定迎娶的时日。正说话，大君突然眼前一亮，她说："我的父亲来了。"茹楠看见西方星光忽然涨亮，奎、娄、胃、昴、毕、参、觜七宿化作一只白虎向高台跃来。待跃入台中，白虎化作一人，头戴通天冠，身着衮袍。那人喊道："既然天上人间难得有情，何必再寻佳期，媒证皆在，今日便成婚吧。"析空对茹楠说："西斗星君有此命，你可遵从？"茹楠说："安敢不从？"

于是筵席重开，准备举行婚礼。各处的山神、水神和天神骑着瑞兽踏着祥云来祝贺，他们赠给茹楠许多奇珍异宝，茹楠此前都从未见过。这时赭娘被扶了出来，她腿脚不便，勉强向众人行礼。西斗大惊，说："谁人敢伤我孙儿？"席间站出齐云伯丰四郎，他从赭娘的腿中取出蜂王针，叹道："这是我那兄弟的东西，他早已身死，为何在此处伤了神女？"赭娘不能答话，只是示意丰四郎不必挂怀。素能四水对西斗说："这是因缘的作用，那伤人的人自有报应。"西斗点头，不再深究。他请北斗星君主持婚礼。北斗星君将北斗七星化作一支鬓钗插在赭娘的发间，又将银河化作一条腰带，缠在茹楠的身上。茹楠与赭娘海誓山盟，结成夫妻，恍惚间茹楠终于想起往事，忆起赭娘的赠魄之恩，心中更加爱她。

二人在山中又住了几日，茹楠对赭娘说："我有朝廷司职，家国重托，神仙虽好，可我不得不回返人间。"赭娘垂泪。茹楠这才知道她尘缘已尽，没有办法与自己一起回去。他万分伤感，又去向西海大君辞行。西海大君勃然大怒，她说："我儿是西黄山储君，身份尊贵，又与你有宿缘，赠你魂魄。你为何要背弃她？"茹楠说："我也希望与她做一对神仙眷侣，可是男儿生逢乱世，又怎么能只想着自己的喜恶得失？"西海大君说："你不怕我一怒之下杀了你么？"茹楠笑道："我身羸弱，不堪大君盛怒下的一击，我心却坚强，虽死也无悔。"西海大君说："我以为你是因得到虎魄而勇敢，原来是因为你勇敢而注定要得到它。"她同意茹楠下山。茹楠走前，对赭娘说："待四海平定，我再来寻你，人世间时光短暂，几十年不过一转眼间。"

此后过了几十年，茹楠一直没有见过赭娘，也没有再娶妻。

茹楠后来官至京东招抚使。开禧北伐时，茹楠兵袭宿州，锐不可当，因他军中高挂白虎旗，金人称呼茹楠为"虎魄煞星"。战后，茹楠受舅父郁佑的牵连，被宰相史弥远冤杀。茹楠死的那夜，临安城中虎啸不绝。行刑的那个刽子手曾在酒醉后与人说，他举刀时，忽见茹楠变成一只猛虎,又忽见四面皆是猛虎。他壮着胆终是斩了下去,见茹楠已身首分离,却未出一滴血。直到宋亡后,还有人深信茹楠成仙未死,徽州人追慕他,各处皆有服食琥珀的习俗。

万历年间,高僧普门受神宗显皇帝之命在黄山兴修慈光寺,曾有修寺的工匠在西海丹霞峰下见神人骑虎从云端飘摇而过,这件事还被记入了《新安志续编》。

# 涂红娘子

涂红，北人，琵琶歌伎。十四岁时初拨弦，技惊四座，人称"乾闼婆女"。

涂红性情机敏，言辞犀利，来往权贵豪强为之惊奇，趋之若鹜。更有传闻说，涂红之艺能动鬼神。

有福州客商，名刘二，垂涎涂红的色艺。那时，涂红常在太白楼，刘二便将整座太白楼包下，一连数日，费钱无算。涂红每待太阳下山，便向刘二告假。刘二很不悦。这一日，涂红又要告假，刘二不许，令店主将太白楼落锁。涂红笑道："客要留奴，莫要后悔。"夜间三更刚过，太白楼中忽然拥入几十人，喧哗叫嚣，好不热闹。刘二质问店主，为何让闲人进得楼来。店主大呼冤枉。那几十人中走出个头领，他转身变成一只大蛤蟆，吐出长舌，怒道："我等鬼兄弟要来听曲，你何聒噪？"刘二惊悸昏死。涂红与群鬼相谈甚欢，弹唱宴饮，通宵达旦。至鸡鸣三遍，天已泛白，蛤蟆鬼向涂红告辞，涂红邀他们再来。蛤蟆鬼辞谢，表示不会再来，他说："我蛤蟆老三在黄泉路上富可敌国，在阳世却给不出个听曲钱。"涂红并不在意，蛤蟆鬼更加看重她，说，他必有报答。

涂红有一柄嵌宝螺钿琵琶，唐时宫中之物。她曾以此琵琶在太仓令高望面前弹奏。高望是左仆射高向北之子，凌波四公子之一。他恃才傲物、目空一切，却为涂红所倾倒，曾叹道："便是官家宫中，也没有此人此物！"他问涂红师从何人、琵琶来历。涂红笑道："奴在乱世中寻得一柄旧琵琶，偷学得几首走板曲子，讨一口饭吃而已。"高望见她避而不谈，好奇不已，又向郁佑打听。

郁佑是两淮宣抚使郁雄之孙，他因上谏北伐被削职，燕居徽州，是涂红座上常客。他告诉高望，涂红幼时流落在淮上，饥寒无所倚仗，与三五贫儿弄瓦击石，唱曲乞讨。有一人日日来驻足听唱，临走却不给分文。其他贫儿不满，出言讥讽。涂红制止他们，说："来往的人千百，可怜我等而施舍的人有数十，听我唱的人唯他而已。"其他贫儿不屑，不愿再与涂红搭伙。涂红便独自乞讨，一连数日没有饮食，晕厥在街头。此时，先前那人竟现身将她救起。那人自称李龟年，是故唐乐师，愿传她琵琶技艺。涂红便拜李龟年为师。艺成之日，李龟年说他有宝琵琶相赠，便在城郊，让涂红自取。涂红醒转过来，发现数年学艺竟是顷刻一梦。她按李龟年所示来到城郊。郊外有一伙盗墓贼正在掘坟，已打开墓室。涂红怀疑他们惊扰的是李龟年,急中生智,以发覆面,唱一支幽怨曲子,向众贼缓步走去。贼以为墓主现身,仓皇逃走。待涂红走近,墓室中棺椁裂开,李龟年怀抱一柄琵琶卧在棺中,琵琶泛出宝光,照得他面貌如生。片刻之后,尸身化为一堆浮灰碎骨,与泥土交混,唯留琵琶。淮上几经战乱,涂红又南下避走徽州。高望听完,叹服惊奇,去找涂红求证。涂红伏地大笑,说:"郁十一郎日日盼望北伐,以至神思恍惚,你莫非信他?"高望不知两边真假,此事却传扬出去。涂红名声更盛。

郁佑之妻程氏,系出名门,却家道乍衰。程氏之弟名叫元凤,时年五六岁,由郁家养在府中。郁佑善尺八,涂红常常登门与他酬和。二人常整日不交一言,但丝竹相契,惺惺相惜,隐隐引为知己。程氏因此略有不快。一日,涂红又来,元凤守在门前,他喝道:"你为何再三再四来扰我姐夫?"涂红知他是郁佑的妻弟,看他年纪幼小,不愿与他分辩,便拨弦代答。一曲尽,元凤泣不成声,抱着涂红直唤娘娘。程氏惊奇,细问元凤。元凤说,他眼见亡母从琵琶弦中走出,向他呼唤,与他低语,然后沿着一条闪光的路飞到天上。有好事者以此事来问涂红,涂红说:"不过是戏耍小儿的手段。"好事者不依不饶,非要问清究竟。涂红笑道:"不若奴为您弹一曲?"好事者连连求饶,说自己败尽家财,如见亡母,必被打死。此事一时传为笑谈。

涂红有一仆从,名唤申大,又老又瞎。曾跌伤在太白楼前,涂红撞见，将他救起，便留在身边。有人不解，问涂红为何用此人。涂红说，世上可怜之人无可计数，能帮一人便算一人。人叹道："是否念及罗裙褪色之日，娘子也是那可怜人之一么？"涂红笑道："奴一个玩物，连人都不是，谈不上可怜人。"人讶然失语。

　　申大来后不久，涂红的琵琶便失窃。通判衙门派府吏程直来调查此事，临来时，有人相告，让他问那申大，便可知琵琶下落。程直怀疑是申大勾结窃贼，反复诘问。申大讷讷许久，忽然大呼一声，从怀中抛出一根草绳。那绳的一端疾窜出去，如同飞蛇。申大请众衙役顺着绳子去找寻。众衙役将信将疑，顺着绳子走出数里地，来到一处荒坡，见一人神情慌张，正要逃走。程直将人拿住。那人先矢口否认，还斥责衙役冤枉好人。程直从草丛中找出了琵琶，那人才无可抵赖。草绳正系在那琵琶的颈上。事后，涂红问申大。申大自称曾偶遇阴司中的黄泉刺史，学了点手段。涂红没有再问，待他如常。

　　乾道年，涂红在坊间遇一少女卖唱。少女歌声清丽，听之，如见水波潋潋。旁边还有一老妇，脊梁深折，背驼过顶，与少女和唱，如泣如诉。二人面容皆毁，恐怖难看。涂红驻足许久，见竟无一人施舍钱财。涂红将二人引入太白楼，与她们饭食，问她们遭遇。老妇人自称是练江上的渔家，因丈夫船翻身死，才困苦至此。涂红怜悯她们，也想留她们在身旁。申大悄悄对涂红说，这二人来历不明，收留她们，恐惹祸端。涂红笑道："我若怕惹祸端，你哪能还在我身旁？"申大无法，只得和盘托出。

新安江龙王在几年前去世，龙王之子横江王和龙王之弟练江王争夺新安王位。练江王抢得先手，拿到了天庭的敕封。横江王却年少心狠，用计害了练江王的性命，夺回了王位。他发兵抄没练江各水府，将练江王姬妾子嗣一概格杀。据说只走脱了练江王妃和丰乐主。申大说，便是这眼前二人。

涂红听完，令申大休再提此事，依旧将二人留在身边。涂红让她们隔帘献唱，客人只闻其声不见其人，心痒难耐。愿出重金求见她们一面的人，不止一个两个。涂红只说她们相貌丑陋，人总是不信。于是二人名声大盛。那二人挣得温饱，穿起绫罗，却消沉低落。

不久，二人向涂红辞行。涂红问她们去处。少女称去故地祭奠亡父。涂红问她们何时回来。老妇说，一去便不再回了。涂红又问她们可否是有更好的去处。那老妇说："娘子是我们的恩人，我们没有什么好隐瞒的。"便将身世说给涂红听，与申大所说相差无几。老妇说："我们流落人间，本来畏死苟活。蒙您的恩典，让我们又活了过来，心中却因此生出知耻之心。"二人感到有失体面，深愧不节不孝，要回练江水府，哪怕一死。

涂红听完震惊不已，劝二人从长计议。练江王妃说，从前的横江王、如今的新安龙君权势极大，迟早有一天要找到她们。如若被发现曾在歌台卖艺，便死也不如。涂红听完，沉沉不语。许久方说："天地不仁，以至刀兵四起。男儿无能，以至北国沦陷。背井离乡的人朝不保夕，良家女沦落歌台舞榭，被世人所轻视。是天地轻贱？是男儿轻贱？是世人轻贱？还是我等轻贱？"龙妃大惊，伏地谢罪，剖白自己并没有轻视涂红之心。涂红淡淡一笑，说，她必要会一会那新安王。

徽州城外西干山上有一座水西寺，住持是禅机无双的宗白头大师。宗白头的徒弟析空与涂红熟识，涂红便先来向他请教。析空有他心通，知道涂红的来意，他说："缘起生灭，不避不求。"涂红说："奴听闻寺中要新修一座佛阁，愿将手中琵琶献至阁中供佛。"析空哈哈大笑说："看来因缘生出了变化，你便说来听听吧。"涂红便说了来意。析空说："修佛阁，他许了五十万贯。"涂红再求析空。析空说："新安王已经心如磐石，你那几首曲子奈何不了他。"涂红三求析空。析空说，茹通判之弟茹林茹六郎与新安王最好。涂红会意而去。

茹林是侍郎茹成之子，副相茹亶望之孙。父亡后，他跟在长兄茹楠身旁。茹楠正在徽州任通判。茹林此时已十七八岁，将近成人，却仍懵懂天真。涂红差人给茹林送信。因涂红声名远播，茹林见信，心中轻狂得意，欣然前往。二人见面后，涂红装作大吃一惊，说："奴听闻茹通判胸中有猛虎之魄，是个伟丈夫，故约他来见，没想到送信的却误了事。"茹林尴尬万分，便欲退走。涂红说，既然来了，不能不听一首曲子。

琵琶弦拨动，曲子便唱了起来。

春风吹拂，潮水来了又回。碧波拥着江阁，轻云中有月宫。茹林看大江向海，天地间都是水色。江阁中投来一瞥。茹林回望，见朦朦胧胧，只有幽火纱橱。月宫中又传来叹息，茹林问空中鸿雁，鸿雁长鸣。

琵琶停了。

茹林恼道："我才问雁儿，月宫中是何人。你怎么就不弹了？"涂红向茹林谢罪，说她这《春江花月夜》还缺了一段，故而不能令人得见阁中美人、月宫仙子。茹林问她是哪一段。涂红笑道："凡人可做不到啊！"茹林更奇，强要她说。涂红说是要一声龙吟，又故作为难地说，这世间龙吟无处寻找。茹林大笑，说："要龙吟又有何难？"他要了笔墨，写了一信，令人投入练江中。

不多时，雷声阵阵，彤云密集。风雨吹入太白楼，化成一个男子。那男子神情冷峻，眉目生威。他问茹林："六郎唤我何事？"这人正是新安龙君。茹林嘻嘻一笑，将涂红引见给他，又说起龙吟一事。新安王听茹林说完，勃然变色，说："六郎要我与歌伎伴唱？"茹林愣在当场，无话应答，片刻后又连连赔礼。涂红口呼"大王"，连连说这是误会，她恳请新安王容她献艺赔罪。新安王转身便要走，茹林拦在他的面前,只是不让。茹林曾救过新安王性命。新安王见他懊悔已深,想起往日恩情,便不忍离去。

琵琶又响了起来。

江阁照临,明月倒映。人声寂寂,物响零零。忽然,江中翻起逆流,有个黑衣少年站在浪头,他将剑一振,低吼道:"杀!"翻江倒海,鱼龙相斗,风雨如晦,血染赤红。练江龙妃被缚到黑衣少年的面前,她吼道:"我有天庭诰封,我要去九天应元府说理!"黑衣少年一剑刺在她的背上,挑断龙筋,说:"你去地府说理吧!"

地藏菩萨现身,他劝黑衣少年放下屠刀。那少年说:"天下威权,莫不是践血而来。人间官家脏臭之事,胜我十倍百倍,你何不去那里假慈悲?"

琵琶弦断了。新安王持剑抵在涂红的喉间,他说:"扮菩萨来教训我,你好大胆子!"涂红面不改色,她说:"我见世间不平,怎能不语?"新安王起剑便要杀涂红,茹林抢到涂红的身前。茹林问:"你当真杀尽了练江水府?"新安王冷冷说:"我若不杀光他们,他们得势就要杀我。"茹林不信,他难过至极,说:"小龙王,你从前不是这样。"新安王叹道:"你也生在宰相家,难道真不知道王侯之事么?"茹林说:"君子寄身于天地,知其为与不为,不以利趋,不以害避。"新安王听罢放声长笑,说:"我若是君子,活不到今日。"

涂红说："人之寿百十年而已，龙之寿不过千年。谁都难免一死，但正气却长存不亡。官家王侯权谋诡道，千古传诵的不是他们。"新安王怒极反笑，说："我今日不杀你，你的愚蠢必代我执刀。"说完，他化作轻烟而去。

茹林望着窗外满天风雨，怅然若失。涂红深深行礼，为这个骗局向茹林致歉。茹林摆摆手，转身出门走了。

这年冬天，高望在江南东路转运使任上案发，牵及郁佑下狱。涂红不服，竟为郁佑填词鸣冤。有人报到通判衙门，茹楠听闻，大怒，传讯涂红。茹楠说："你小小倡伎，怎敢妄论国家大事、朝廷官员？"涂红答道："是非曲直，天下人为何不能说？"茹楠大怒，判她杖十五。

此事后，无人再敢找涂红听曲。福州刘二贩货又过徽州。有好事人对他说，如今涂红曲贱，可常去听。刘二连连摇头，说，琵琶虽好，不及性命重要。

一日，涂红百无聊赖，在楼中小睡。忽然店主大呼，说有客至，请涂红弹琵琶。涂红出见，来的是茹林茹六郎和新安龙君。新安王请涂红弹奏一曲，涂红问他想听什么。他戏谑道："便弹弹娘子的心情。"

琵琶响似疾雨，忽又如长风吹过五陵。碧树孤立，阡陌间，鲜花盛开。有少年赋诗，骑马扬尘。转眼便是坟丘，坟丘又被推平。

又有少年经过，停马在此间，吟起前人诗句。

涂红停了琵琶，她对新安王说："大王此来若是想看奴的笑话，怕是要失望了。"新安王长叹一声，茹林却欣喜若狂。茹林对涂红说："我与他对赌，却是我赢了。"新安王来到窗边，手指一片乌云，对涂红说："我有三千兵马就在外面，你方才若有一丝动摇，那二人立时丧命。"又说："你虽愚蠢，却是真性情。"涂红笑道："大王不怕她们二人今后要你性命么？"新安王长笑不止，说："命但在此，有本事便来拿。"说完与茹林离座而去。

临别，新安王看涂红一眼，说："休要担心我的性命，你自己的却不长久了。"

不到一年，涂红就染上重病。弥留之际，她口不能言，以手示意申大，让他照顾龙妃和丰乐主。不及申大答应，便断了气。

涂红之魂离了躯壳，飘飘荡荡直向黄泉。她来到鬼门关外，竟见有数十鬼差相候。有个领头的出来与涂红见礼，请涂红上轿，说他家刺史已等候多年了。

轿子直抬入黄泉路衙门。蛤蟆鬼出来与涂红相见，他说自己是黄泉刺史。涂红大喜。二人在黄泉路衙门唱和多日，蛤蟆鬼对涂红说："我老三掌管黄泉几百年，只这几日最是痛快，娘子可愿长留在这阴间？"涂红听出话外之音，出言问询。蛤蟆老三沉吟片刻，说："老三不愿欺瞒娘子，此事确实别有内情。"涂红诧异，追问他。蛤蟆老三说:"徽州的城隍是我的大哥,他曾求婚于娘子,被娘子拒绝。如今,他思慕之心更加强烈,让老三来做个说客。"涂红不愿出嫁,蛤蟆老三很为难。

又过了几日,蛤蟆老三引一人来见涂红。涂红一见之下惊奇不已,那人生得与涂红一模一样。那人与涂红见礼,她说自己是练江王妃,又将前因后果告诉涂红。

申大乃是一截井绳成精,因他曾向蛤蟆老三施恩,蛤蟆老三助他化为人形,准他在人间行走。井绳无眼,故而申大目盲。他法术微小,一直受人欺侮,饥饱无定,直到遇见涂红。涂红死后,他托人打听,知道真相。他与龙妃商议,由龙妃变成涂红相貌,救涂红出困。龙妃说自己虽善变化,但龙筋已断,背脊不能挺直。申大便化作她的背筋。二人变化得定,又买通鬼差,求见了蛤蟆老三,与蛤蟆老三一拍即合。

涂红听完,连连摇头。她说:"是我不愿嫁他,又怎能拖累你们?"龙妃说:"新安王虽许诺不杀我,但我行藏已漏,想杀我的人还有很多。我若托身在城隍府,能保我女长成。"又说:"申大得我龙气,我死之后,也可化龙。"涂红说:"我擅长琵琶,你们却不会。"龙妃笑道:"我非那宝琵琶不弹,琵琶却已被析空和尚取走,城隍何敢去要?"几番劝说,涂红终于同意。

众人送涂红回返阳间。涂红感动又感伤,她与众人一一谢别。

她见蛤蟆老三神情最沮丧，便劝慰他说："奴不过再多活一二十年，我们还会相见。"蛤蟆老三摇头，说："涂红已嫁城隍，你又是何人？何时能来？"

咸淳年，宰相程元凤归隐黄山。他路过青潭峰百丈泉，听水声清脆，想起白乐天"大珠小珠落玉盘"之句，便命人将此诗刻在泉旁石崖上。夜间，他留宿在山中别院，梦里有一唐妆娘子出现。那娘子手拨琵琶，时如莺语流泉，时有千军万马，令程元凤目瞪口呆，击掌称绝。程相知她绝非寻常人物，便问她来历。娘子自称是《琵琶行》中的诗鬼，感念程相引用白氏诗句，特来相会。诗鬼自负技艺，说了一些狂妄的话。程相附和，说，如此绝技确是他生平仅见。诗鬼突然失语，许久才埋怨程相忘事，又后悔自己逞能。她说，程相还见过一人，琵琶技艺胜她千倍百倍。说完，她羞愧至极，掩面而退。程元凤从梦中惊醒，却想不起诗鬼所说的是何人。

万历中，阁老许国致仕。他曾泛舟游于练江之上。傍晚，有一船划来，与他并行。船中坐有一老翁。老翁说，他有一壶好酒，请许公同饮。许国问他何人，他自称是新安江龙王。许国奇异不已，邀他到自己船中。龙王打开酒壶，香气袭人。许国问他是何酒，龙王说是齐云山伯所酿的醉花阴。宾主开怀痛饮，交谈甚欢，及至夜深，酒已喝完，意犹未尽。龙王叹道："数百年来，还是人间之士有趣有情，值得一交。"许国问他还与谁交游。龙王复叹，说："可怜你们人命短暂，常留我孤独在此。"许国同叹。忽然江上有琵琶声响，其声清冽，如同凤鸣，许国闻所未闻。此时，龙王喜形于色。他向许国辞别，说他有故人来访。许国将这段奇遇录下，后人收在《许文穆公集》中。

# 白骨术士

宗白头，名嗣宗，俗姓陈，歙县人氏，天下第一禅师。

宗白头受戒后不久，去长芦寺参拜祖照禅师。夜间，有匪徒袭寺，约有四十人众。寺僧大多逃走避散。宗白头深定禅中，不动不移。匪徒争相用箭射他，都不中。匪首大怒，拔刀在手，要击杀他。有个直岁僧从藏身暗处走出来，对匪首说："他已参得禅了。他时可出来为大善知识，教化众生。我未曾参得，便死无紧要。"于是求代宗白头死。匪徒果然杀了直岁僧，放过了宗白头。第二天天明，宗白头从定中回转，众僧也回寺。宗白头告诉他们，直岁僧乃是代他受死。在场众僧都落下泪来，而宗白头却谈笑如常。有人感到不平，将此事报与祖照。祖照于是问宗白头："他代你死，你又如何？"宗白头答道："缘但起灭。"不过是因缘的起灭而已。说完，离寺而去。祖照随即对众僧说："长芦的法灯，宗白头已拿走。"

此后，宗白头以徽州西干山太平兴国寺为道场，遍劝江、浙、庐、皖、荆、楚、湘、汉之间，度人无算。

乾道九年，宗白头在明州翠岩山说法，忽然感知圆寂在即。他召集弟子和同门来见，吩咐法脉大事。临安报恩寺住持素能四水是宗白头的师弟。他最先发言，他说："一花开，万花开，一灯照，何处白？"宗白头向他微笑示意，准备选出传人。众弟子依次发言。析空和尚也在场，他是宗白头最得意的徒弟。宗白头曾有意要传衣钵给他。此时，析空却说："我的灯不在你处，你的灯别有他传。"宗白头放声大笑。他遣散众人，只留下素能四水和析空。他对二人说："我最后一个徒弟能举须弥山，你们将他带来见我。"

宗白头有个小徒弟，名叫静素明，他偷听了宗白头的话，心中好奇，便问析空。析空说，那人静素明原也认识，是个术士，名叫元辰。

元辰，黟县人。他少小长于江湖，浮夸任性又重义多情。

他先从人学占卜打卦。一日，师父给他出题，先让他测大宋国势，元辰说："可过百年。"又让他测自己的命势，元辰说："略长之。"师父于是命他出师。

元辰将卦摊设在路口，转眼半日，毫无生意。午后一过，昏昏欲睡。此时，远处走来一众人等，簇拥着三位骑马的贵人，一人黄面矮小，一人青面粗壮，一人黑面瘦长。有个打前哨的仆从，走上前来，令元辰让路。元辰不让。那个仆从发起狠来，动手就要掀摊，桌几却推不动分毫。仆从只好回报。那黑面贵人驱马上前。他对元辰说："你好大胆子，知道我是何人？"元辰手指各个，一一点明。三位都是阴曹的鬼神，黄面的是转轮王辖下镇守奈河的壁虎太尉，青面的是秦广王辖下镇守黄泉的蛤蟆刺史，黑面的是卞城王辖下镇守枉死城的乌鸦太守。三人听他说破，心中大惊。乌太守说："既知我神名，还不让路？"元辰说："你来算个卦，让我开个张，便放你们去。"乌太守怒极反笑，说："我乌老四从来都是勒索旁人，今天这也算是头一遭。"说完，便要与元辰强斗。壁虎在旁说："这人大有福缘，你不要生事。"蛤蟆劝他算一卦了事。乌太守无奈，随口出了一题，让元辰测三人来意。元辰卦也不开，说："今日城隍移府，你们与他是异姓兄弟，自然得来。"说完，便伸手问乌太守要卦金。旁边鬼差捧出一盘金银。元辰呸一声，说："纸扎的钱哪里能算数？"乌太守说："我等兄弟只有这个，你要便要。"元辰嘿嘿一笑，许他欠着。然后，让开路，放群鬼过去。

　　过了几年，元辰善卜已小有名气。一日，大侠区赤眉来到他的摊前。区赤眉说，他受神人托梦来徽州送一物，神人却没有告诉他送给谁。他已找寻三日无果。元辰于是为他开一卦。卦象所示，那物竟是要送给元辰。区赤眉不信，疑心他觊觎财宝，便问他可知送的是何物。元辰又开一卦，说，是一本书。区赤眉大惊，追问书名。元辰三开卦，说书名《白骨术》。区赤眉将书交给元辰。临别，区赤眉问他，为何神人要送他此书。元辰笑道："且为还债。"

绍兴末年，元辰声名鹊起。他能令白骨行走如常，甚至飞翔潜水。徽州异能之士众多，却没有人能看出他的师承来历。他与区赤眉、程直交好。区赤眉在江南两路广有侠名，程直被时人称为徽州第一勇士。隆兴北伐时，元辰从战场中带回四十一具人骨，以此锻炼神通。乾道初年，元辰卖弄本领，令众骷髅敲锣扬幡游戏于闹市，引人观看，时人称绝。

王爽此时在徽州任通判，他是御史中丞王克之子。王爽厌恶怪力乱神，命人将骷髅收缴焚烧，又判元辰杖二十。夜里，有白骨潜入王爽梦中，对他说："我等前世欠元辰血债，命定要受他役使百年。你为何阻拦？"王爽说他们惊扰市集、破坏良序。白骨喳喳乱叫，说王爽不教而诛，残暴凶恶。双方争吵辩论直到天亮。此后夜夜如此。王爽不堪疲惫，一病不起。

王爽是静素明的嫡亲哥哥。静素明听闻兄长重病，便来探看。待问明事由，静素明大怒。他进入王爽梦中，果见白骨纠缠王爽的神识。他正要发作，见师父宗白头也来到王爽梦中。宗白头对白骨说："都去吧！"白骨说："你是何人？怎敢呵斥我等？"宗白头放声大笑，说："那术士与你等有债。怎知我没有？"白骨想起前尘往事，认出宗白头，惊恐而退。

数日后，元辰与程直吃酒，酒席上说："水西寺的宗白头坏我法术，我要去会会他。"程直说："我听说宗白头有无边佛法，你为何要与他作对？"此时，区赤眉已死，元辰非常看重程直，但是他受宿缘的驱使，仍孤持己见。元辰渡过练江，来到水西寺门前。他见一老僧在庭前洒扫。他不认得这老僧就是宗白头。他令老僧通报，说他要见住持。宗白头不加理睬，只顾扫地。元辰恼怒，他手指老僧，厉声呵斥。宗白头说："放下！"元辰感到巨力袭来，强行令他垂手。他心中不服，怒火更盛。宗白头望他一眼，又说："放下。"此时，巨力消失，他也失去了所有力量和愤怒。他如同初生赤子，心中空无一物。如此许久，他竟不知宗白头何时离去。他深感挫败，颓然折返。待他来到练江边，程直追他而来，程直问他安好，他说，有和尚让他放下又放下。日后，元辰开悟，将此称为初见须弥山。

知州孙放鹤与王爽不合，他见元辰身负法术，有意结识。他召元辰入府，二人一见如故。孙放鹤设宴与元辰痛饮。元辰出身孤苦，忽得知州接纳，飘飘然不知所以。酒到半酣，孙放鹤突然长叹一声。元辰问他为何叹息。孙放鹤说，他曾抱负四海，而今壮志未成，却已满鬓飞霜。元辰笑道："我听闻临安的柳妖有一面朱颜镜，能令人返老还童，我回头便取来献给您。"孙放鹤哈哈大笑，并没有将此话放在心上。

临安的柳家曾与钱塘王有恩，获赠龙宫重宝朱颜镜。柳家的柳郎听闻元辰要借朱颜镜，一口回绝。元辰大怒，他摧动白骨，一夜之间竟将临安城中柳树推倒半数。柳郎大惊，交出宝镜，息事宁人。元辰得了宝镜，急忙赶回徽州。他见到孙放鹤，拿出朱颜镜。孙放鹤惊道："你便当真去取了？"元辰非常得意，向孙放鹤详说经过。待孙放鹤听闻元辰竟将皇宫和禁苑中的柳树也悉数推倒，他心中不悦，说："你为一句戏言，几乎惊动官家，险些连累我。"元辰怒道："你当一句戏言，我却信守其诺。"二人不欢而散。

　　元辰回到家中，意气难平。他令白骨夜探孙放鹤。孙放鹤与枕边姬妾说话，他说："本因他曾令王爽出丑，我高看一眼。他却不知卑贱身份，妄想与我称兄道弟。"白骨将此话回报，元辰怒极，施展恶术。孙放鹤立时头痛欲绝。

　　元辰余怒未消，还要再生事端。他正要出门，却见宗白头走入门来。此时他仍不识宗白头。宗白头对他说："我已命你放下，你为何又拾起？"元辰猜到他为孙放鹤而来，便答道："我待以至诚，他却轻视我。"宗白头说："他纵如何，你还是你。"元辰说："便任由世人辱我慢我吗？"宗白头说："辱你的是你，慢你的还是你，若心中无镜，怎照出世人影？"元辰略有所悟。宗白头让他放过孙放鹤，元辰答应了。宗白头又让他归还朱颜镜，元辰心中不愿。宗白头唤他一声"痴儿"，说："天人尚有衰灭之日，凡人岂能挣脱老死之苦？"元辰取出朱颜镜，对照再三，问："那如何才能挣脱生老病死？"此时，宗白头已离去，无人答他。这是元辰的二见弥须山。

元辰骄奢不羁，树敌众多。他曾得到梅山的蜂王针，并以此神针伤了黄山西海大君之女。白王出家后，西海大君是江南山神之首。她遍许重诺，要报元辰之仇。元辰从此隐居在市镇中，不敢踏入山林一步。乾道九年，刺客阿七忽然回到徽州。他是区赤眉的徒弟。他见到元辰，说："我犯的命案已发，我必死。"他求元辰代为照看他的姐姐。他的姐姐名叫涂红，是善乐坊的歌伎。元辰答应了他。二人见到涂红，涂红此时已病入膏肓。她对元辰说，自己的生死无须费心，却求元辰救阿七一命。元辰给阿七一符，命他贴在背心，嘱咐他，只要不入山林，可逃得性命。

王爽此时任京畿提刑，他追查兵部侍郎茹成被杀案，阿七正是元凶。茹成之子茹楠此时提刑江南东路。二路人马并发，要将阿七捉拿定谳。阿七听从元辰之话，不入山林，他多走河滩平地。出城约六七十里处，阿七被王爽发现。王爽骑马，竟追不上徒步之人。王爽诧异。他令兵丁放箭。阿七身后现出一具骷髅，身穿戎装，手持利刃。骷髅将箭矢打落，佑护阿七向前。阿七来到休宁县界，遇见茹成的人马，他想强行冲过，却寡不敌众。背后，王爽的追兵又至。阿七无奈，只得舍弃平地，南逃入齐云山。王爽命封锁各处山关隘口，下令搜山。茹楠之弟茹林此时十八九岁，为报父仇，他也请命入山。茹楠不忍让他失望，便同意了。

茹林跟着众人走了许久，直到山林深处也没有发现阿七的行藏。他心事重重，不觉与众人走散。他来到一处溪水旁，见山花盛开，草木丰茂，觉得静谧美好，忽想起自己却是为报血仇而来，又长作叹息。林中走出个锦衣公子，他问茹林为何叹息。茹林据实以告。那公子自称丰四郎，是齐云山神。丰四郎说："那人有白骨术士的符咒，你们轻易奈何不了他。"茹林向他求教。丰四郎说："白骨术士与我有仇，我必助你。"他给茹林一支箭，让茹林用此箭射阿七。然后，丰四郎就离去了。

　　茹林转身去寻找众人，忽然听得有人高呼："贼子在此间！"茹林寻声向前，见阿七果在不远处。众人纷纷放箭，骷髅护在阿七身旁，无一箭中。茹林将丰四郎之箭取在手中，控弓引弦。一箭飞出，有五色光华，将骷髅击碎，又射入阿七胸前。阿七立时气绝。

　　再说元辰。阿七走后，元辰起一卦，卦象大凶。元辰闷闷不乐，出外吃酒。酒吃得几盏，元辰放出白骨，令他们弹唱取乐。酒坊中其他客人都受惊逃走。此时，静素明来到酒坊中，他坐在元辰身旁，吃元辰的酒，用元辰的菜，白骨弹唱到妙处，他高声喝彩。元辰说："哪儿来的和尚？"静素明说："我的师父要召唤你，我先来试一试你。"元辰大怒，说："我凭什么要受你试探？"静素明哈哈大笑，将手中杯盏变作须弥山，升到元辰头顶。他说："你要么将此山举起，要么便被压在山下。"元辰见此山万仞千寻、无边无际，心中叫苦。

转眼山至，元辰被压在山下，不能动弹，白骨护在元辰的周遭，仅能保他不死。静素明失望，收起神通，转身离去。

元辰正要追出门去，与静素明再较量，却一跤跌倒，如受重创，吐血不止。他心知，有人破了他的术法，便手占一卦，于是明白因由。丰四郎是梅山蜂王之子，恼他伤了西海神女，将蜂王针化为箭，借茹林之手报仇。他想到自己伤人和被伤同在蜂王针下，不由得唏嘘。

夜间，涂红的仆从来请元辰，说涂红已病重将死。待元辰赶到善乐坊，竟见王爽也在。阿七虽死，疑案未破。王爽认为涂红与案情有重大干系，要拘拿她。元辰大怒，说："她一个将死的妇人，你拿她做甚？"王爽本不喜元辰，他怀疑元辰也是同伙，也要拘拿。元辰虚弱至极，无力施展法术，他以血肉之躯挡在涂红身前。涂红说："奴轻贱如一芥子，元丈不必如此。"元辰说："我曾许诺看顾你，你虽是芥子，却也如须弥。"话至此，他已准备舍命一搏。

此时，门外走来三个和尚，正是素能四水、析空和静素明。静素明劝走王爽。涂红已经口不能言，她深深望向元辰，满怀感激。她又向身旁众人看了数眼，然后，就断了气。元辰想起阿七也已死，心中难过。他此刻觉得精奇术法、玄微神通又能奈何，不禁灰心丧气。

析空对元辰说："我的师父召唤你。"元辰说："我不能举起那山，小和尚已经试过了。"析空说："芥子却也如须弥。"

元辰随三僧来到明州，三见须弥山。宗白头问元辰："你可愿入我门中？"元辰问："能得财宝吗？"宗白头说："不能。"元辰问："能得威名吗？"宗白头说："也不能。"元辰问："能得长生吗？"宗白头说："还是不能。"元辰问："那能得什么？"宗白头说："一无所得，也无所失。游戏无常，证明无我。"元辰久久不语。宗白头复问："你可愿入我门中？"元辰说："我不见一法在门外，何以教我入门？"元辰将法比作门，于是入无可入。佛祖曾如此问文殊菩萨，元辰的答案与文殊菩萨一字不差。宗白头舒展手臂，抚摸元辰头顶，说："你是我最后一个徒弟，我要你为我举火。"说完就圆寂了。

宗白头圆寂震动朝野，皇帝下诏追赠国师和法号，名山巨刹的高僧都来诵经。有好事者问析空："你家师父传法与何人？"析空手指前方，示意人观看，说："那灯不亮着么？"

不远处，元辰正高举火把，手指着宗白头的法龛，口中说道："是来也去，非生非灭，皓月当空，正是时节。"宗白头的法龛随即被焚烧。烈焰熊熊，大火如河，飞舞腾空。有壁虎划小船从火河中而来，这壁虎是镇守轮回分界的神将，船是妄想舟。宗白头从法龛中走出，随即上船。他让壁虎开船，壁虎坚辞，说："大师今日证悟涅槃，断绝妄想，该我来送船，但该您渡我。"宗白头微笑，执桨前行，直向长天。

元辰此后完成剃度受戒，得名"仁宽"，执灯传法。宋皇对仁宽非常倚重，素能四水圆寂后，仁宽继任皇家报恩寺住持，被封为国师。

德佑元年，鞑靼围攻常州，临安危如累卵。茹楠之孙茹效堂此时知常州，他与将军王安节苦守城关。宋皇新立，年岁幼小。一日，宋皇梦见有饿鬼侵吞金山，恍然惊醒，啼哭不止。太皇太后传召仁宽，令他诵经驱邪。仁宽对太皇太后说："此并非诵经事。"他已然知晓，这是鞑靼人的国师作恶。他发愿降伏。

仁宽回到报恩寺中，他的弟子纷纷表示要护法相助。他一一拒绝，随即入定，待因缘前来。一日后，报恩寺中土地震动，群僧惶恐，报与仁宽。仁宽劝慰他们，说："是我那小友赶来助我。"大地裂开，有一具骷髅从地中钻出，他说："阿七前来报恩。"

萨迦派的《贤者空性秘密传授》经卷中记载，八思巴的弟子朱达在正午见尸陀林怙主从天空中出现，深密舞蹈。朱达受无上瑜伽，即身成佛。仁宽的弟子后来远下南洋，据他们的传人说，是仁宽役使阿七之骨杀死了朱达。

此事后，仁宽对弟子们说："我以左道杀人，使法灯蒙尘，不能传与你们，你们散去吧。"仁宽也离开报恩寺，去赴他最后的法缘。

四年后，陆秀夫负宋皇在崖山蹈海，数万人众从死。仁宽为之超度念经，法音震动三界。黄泉刺史前来接应，他对仁宽说："来者太多，唯恐有失。"仁宽说："我与你同去。"说完便圆寂。静素明闻讯来为他举火，说偈道："芥子藏须弥，白骨生烈火。天堂不去地狱去。咦！乃知法中无我！"

# 沙弥禅师

静素明,俗姓王,越州人,是徽州水西寺神僧宗白头的法嗣弟子。

静素明出身高贵,父亲是御史中丞王克。他年少时爱上了一个跳舞的伶人,誓要娶伶人为妻。他的父兄知晓此事后,拆散了他们,又为静素明另安排了婚事。静素明坚决不从,断舍出家。

出家后,他自诩了绝尘俗、禅心最坚,瞧不起他人。寺中每受布施,他总取最末最少的那份。看见有僧众对财物喜形于色,他就极为不满,认为这些行为令僧团蒙羞。他呵斥诸僧说:"你们极轻极贱,出家就是来混口饭吃。"

静素明很早就开悟,而且神通广大,这更令他傲慢自满。

一日,宗白头心血来潮,他对众弟子说:"精微妙法好比须弥山,谁能举起它,谁就是我的衣钵传人。"众弟子纷纷表示,大法深奥,力有未逮。静素明却不服。他令须弥山显现,其山广大,直达天顶。静素明以一指举起须弥山,问宗白头:"我得妙法否?"宗白头说:

"非也。"宗白头将须弥山变成一头牛,对静素明说:"你若能令那牛顺从吃草,便得妙法。"牛冲静素明连叫几声,转头跑远。在场的众僧笑得前仰后合。静素明深感受辱,他说:"这牵牛放马的事情,你们不出家也做得来,我却不会。"

此后数月,静素明执迷沉沦,郁郁寡欢,竟卧病不起。他与师兄析空和尚最好。析空来探望他。他对析空说:"请你为我去城中报信,令我兄长知晓。"静素明的嫡亲哥哥王爽此时在徽州任通判。他听闻静素明病重,却不为所动。王爽说:"神僧都救不了他,我又能如何?"

析空将话回告静素明。静素明如受重创,法心退转,陷入对死亡的恐惧。他感到索命的鬼差就在门外,便求析空将鬼差赶走。析空说:"我法力微小,怎能左右轮回?"此时,黄泉刺史推门而入,他令鬼差用铁索将静素明拿住。眼看静素明就要被带走,析空心中生出慈悲来,他喝道:"那牛还未顺从吃草,你这是去何处?"静素明如受棒击,恍然开悟。他重获神通,挣脱束缚。他对众鬼差说:"我去寻我那牛,不能和你们走。"说完大笑出门而去。

离开水西寺后,静素明感到牛始终就在不远处,却又难觅踪影。他渡过练江向北又向东,前行约二十里,来到松山地界。他又饥又乏,在山前停下脚步。他见不远处有几所茅屋,便去乞食,却发觉屋舍空空。此时天色已晚,静素明无处可去,他发出长啸,震动山林。

山间走出几个山民,他们来到静素明面前,抱怨他所发之声凄厉不祥,说:"山神今日娶亲,你若会唱个好的,必有施舍。"静素明问他们山神洞府所在。他们都说自己刚从山神处来,但所说方位却南辕北辙。静素明不再理会他们,径直向山中走去。

山中黑暗,静素明将心中无明之火变作一灯,照在山径上。火光惊动林下的阴影,蛰伏的鬼物四处逃窜。静素明厌恶他们邪恶肮脏。于是,他心中无明之火更盛,将这一段山林照得如同白昼。这时有一人忽然凭空出现,他手持两把弯刀,将鬼物一一击杀。静素明喜欢他的英武之姿,上前与那人见礼。那人傲慢之极,没有与静素明相见,就径自走远。静素明深感失望。

又走了几步,忽然,空中飞来一只饿鹰。鹰在静素明头顶盘旋,几次要扑杀下来,都被静素明赶走。鹰发出饥饿的哀叫。静素明听了,心中怜悯它在畜牲道中所受之苦,又想起佛陀曾舍身饲鹰的故事,于是,举起一只手臂,示意鹰来吃。鹰落在静素明的肩头,叼啄静素明的皮肉,吃他的鲜肉。静素明强忍剧痛,任鹰取食。那鹰贪婪不知足,竟啄向静素明的咽喉。静素明心中生出厌恶,只伸出一指,就令鹰动弹不得。此时,那持刀人又出现,他将鹰斩成数截。静素明怪他鲁莽,说:"我已将它制服,你何必要杀它?"持刀人毫不辩驳,又快步走了。

此时,已到晚课的时间,静素明盘坐在路旁,禅定诵经。他从无常中看见贪嗔痴三毒化为魔形，恍然惊醒。此时，先前的几个山民从远处追来。他们说，他们的屋舍失窃，问静素明可曾看见盗贼。静素明否认。山民不信。他们见静素明手中的灯缀满珍珠宝石，心中生起贪念。其中一人说静素明之灯正是他家失窃之物，要拿静素明报官。他们推搡殴打静素明，想夺走无明火所化之灯。静素明见他们已种下罪业，感同身受，默默为他们诵经消业。先前污蔑静素明的那人见他忽然不语，以为他害怕了，便想拿木棒将他击倒。静素明将木棒折断，心中慈悲消退，生出厌恶来，无明火再次明亮高涨。此时，那持刀人第三次出现。他只一刀，便杀死了所有山民。静素明大惊，说："你为何要杀人？"那人说："他们丑恶之极，与妖鬼、饿鹰又有什么区别？"静素明正要反驳，那人又说："不正是你的心意引我而来么？"静素明大怒，他施展神通，要降服那人，那人却轻易逃走了。

静素明愤怒难以自制，失手将无明之火推倒。火焰跌落在山间，立时熊熊燃起。静素明知道闯了大祸。火势在山林间蔓延，他心中焦急，却束手无策。这时，有个娘子骑一匹梅花鹿从山林中走出，她所过之处，火焰避退消散。她呼出薄雾和流岚，令火全部熄灭。静素明走上前去，向她道谢，却发现自己与她曾经相识。

这个娘子正是当年的伶人，唤作铃娘。此时，她重新来到静素明面前，举手投足间，腕上金铃便振动，如同当年一样。静素明欣喜莫名。铃娘一笑，说："今日山神娶我为正妻，二郎却来与我添乱。"静素明听闻此话，转喜为悲，几乎要落下泪来。他的法心再次退转，神通全无，如同寻常人。他无心过问事由详细，任由铃娘引着，向山林深处走去。

　　松山之神号虬云侯，他的府邸在千松之间。虬云侯见他的新人引着一个和尚走来，非常惊讶。铃娘对虬云侯说："他便是我时时提起的恩人王二郎。"虬云侯闻后长拜在地，对静素明说："我常常听铃娘说起恩人，没想到今日能与恩人相见。"静素明神情木讷，心事重重，并不与虬云侯搭话。虬云侯并不因此有丝毫恼怒。他令树木生出瓜果，令山石涌出醴泉，献到静素明面前。静素明已经饥渴之极，此时却毫不取食。虬云侯问铃娘："恩人为何如同失魂落魄？"铃娘说："莫非有所求所想不能达成？"虬云侯哈哈大笑，说："这又有何难？"他告诉静素明，松山间有一块磐石，乃是白王昔日的宝座。白王是群山之主，谁若能坐上他的宝座，便能号令群山，心想事成，无所不能。说完，虬云侯便让铃娘领着静素明去寻那宝座。

　　铃娘与静素明动身向松山远麓。铃娘召来林间萤火点亮在二人之前。静素明看心爱之人近在眼前，金铃摇响，震动在心跳之上。他只盼望此路漫长，永无际涯。他们走到一处山岩，静素明见地势平缓开阔，便提议歇息。铃娘却不觉疲惫，她力劝静素明一鼓作气找到石座。静素明态度坚决，没有同意。铃娘不悦，说："从前的二郎勇敢无畏,今天怎么如此扭捏作态?"静素明叹道:"从前我便胆小懦弱,才失去了你。"铃娘慌忙向静素明道歉,说她说错了话,却是无心。静素明没有气恼,仍然怜爱她。静素明问及她分手后的种种,铃娘语焉不详、言辞躲闪。静素明对此也毫不在意。

　　二人走走停停,天亮时,来到一片荒地。此处寸草不生,当中有一巨石兀立,石上有一把巨斧嵌在其间。铃娘说这便是白王石座。她将静素明领到巨石前,说:"二郎,你拔出巨斧,坐在石上,有何所想所愿,都能立即成真。"静素明缓缓向巨石走去,他此时心智渐失,步履艰难。他眼见就要登临巨石,自言自语说:"我要求些什么呢?"铃娘以为他发问,便答道:"愿二郎求得功业威名。"静素明停下脚步,他转身目视铃娘。铃娘自知说错,赶忙改口说:"愿二郎求得法术神通。"静素明轻轻摇头,叹一口气。铃娘惊慌,三说:"愿二郎求得正觉禅心。"静素明久久无语,然后说:"你的模样虽与她相似,却不是她。"他问面前人是谁。铃娘说:"我便是铃娘,哪里有假?"静素明说:"你若是她,便知我此时只愿与她长相厮守。"假铃娘见被拆穿,怪叫一声,向静素明扑来。此时,持刀人竟又出现,与假铃娘斗在一处。假铃娘毫无还手之力,持刀人却总不能伤她半分。持刀人吼道:"傻和尚,她不过一个妖物,你为何不起杀心?"静素明想到世事瞬息变化,一切有为皆是梦幻,立时将刚强心意慑服。持刀人将妖物的头颅斩落。妖物现出原形,乃是一只金铃。静素明见持刀人拾起金铃，徘徊不去，心中感到好奇，问持刀人为何不像从前那般匆匆消失。持刀人并不答他，只是说："我将因缘斩断，今生不能再见铃娘。"说完，将金铃放在静素明手中。静素明痴心一断，禅心便起，重获神通。他感到白王石座邪恶异常，不敢再停留，赶忙离开。

待出了山口，天已大亮。静素明又向前数里，直到看见人烟稠密处，才放慢脚步。持刀人一直与他在一起。静素明腹中饥饿，要去乞食。他走进聚落，见有一僧人迎面而来。静素明上去见礼。那僧人自称印真，是此间崇庆寺的住持。他问静素明来由。静素明说明来历，又说他是来寻一只牛。印真哈哈大笑，说："水西寺的沙弥也干起牵牛放马来了。"静素明听罢此话，心中不悦，转身要走。印真拉住他，连忙道歉，引他和持刀人来到崇庆寺。

印真在寺中安置二人，斋饭住宿。他对静素明说："便安心在此。"静素明称谢。一日无事，直到傍晚边有人来报，说有施主捐钱一贯，指名要见印真。正说话，已有几个樵夫模样的人冲了进来。几人倒头就拜，喊印真救命。印真问他们因由。几人说，这几日头疼难忍，眼前幻相不断，耳旁似有人日夜低语，不能睡眠。印真问他们如此多久了。其中一人说，已有三日，也有人说五日、七日。印真说："你们犯了邪魔，命在旦夕。"然后，面露难色。几人惊恐万分，再次恳求印真。印真说他可以诵经驱邪，需要供奉钱财十贯。几人磕头如捣蒜，涕泗齐下，说，典妻卖女也拿不出十贯。印真又说至少要五贯。几人一再谢恩，然后筹钱去了。

静素明对印真此举厌恶之极，他大声说："比丘降魔济苦岂能如世上货货买卖一般？"印真笑道："小庙里香烛维持、斋僧传法便这么一个钱一个钱求来。"又说："你今日所食，也是如此来的。"静素明气得发抖，又无话可说，他心知因缘将他引来此间，必有深意。

晚课将尽，那几个樵夫又来。他们献上钱财，请印真做法驱邪。印真问他们可曾去过松山远麓。几人应是。又问他们可见过一块巨石，石上嵌有一把巨斧。几人又应。印真三问他们可曾去触碰那石，试举那斧。几人三应。他们见那斧有寒光，想来砍柴必事半功倍，就起意去拿，然后，都各自看见了奇景。一人见华庭广厦、珍馐美馔。一人见高阁轻帐、妖童娇娃。一人见香车宝马、金银财宝。一人见拜将封侯、朱衣玉带。印真听他们说完，对静素明说："我看见你怀中有异宝，借我一用。"静素明不知他所谓。持刀人从静素明怀中将金铃取出，交给印真。印真分别摇金铃在樵夫的眼、耳、鼻处。樵夫们的幻象幻声立时消失。他们欣喜异常，再次向印真道谢。

樵夫走后，静素明以为自己与印真的因缘已尽，准备天亮后就离开崇庆寺。半夜时分，寺中忽然火光冲天，有人喊："切莫走了那个拿金铃的和尚！"静素明闻声惊醒，从禅房中跑出来，迎面撞见来寻他的印真。印真对静素明说："那几个中魔之人泄露了你的行藏。来人众多，以你我之力不能唤醒他们。我们快逃走吧！"静素明说："我们应该去制止他们，使佛堂免受此灾。"印真摇头，说："若去制止，必要伤害他们。"静素明说："伤他们又如何？"他感到胸中怒火难遏。此时，持刀人从旁出现。静素明对持刀人说："他们破坏佛寺，当堕地狱，你送他们去。"持刀人毫无迟疑，转身向前。印真高诵佛号，拦在持刀人身前，他吼道："你若为木瓦泥像伤人害命，与波旬邪魔何异？"持刀人见印真枯老模样，却如见护法金刚。他将刀丢在一旁，瘫软在地，哭喊求饶。静素明也被印真的法威所震慑，不能言语。印真聚拢群僧，又将静素明挟在身旁，从后门出寺。

走出数里，仍然能看见火光冲天。静素明想到经书法宝都毁在火中，心中难过，落下泪来。印真取笑他。静素明不解，说："你连五贯钱都锱铢必较，如何能舍得整座寺庙？"印真说："五贯钱与一座庙，与我又有何分别？"静素明听罢此话，如雷贯耳。印真怜悯他，又说："你执着于我相人相，生出喜恶分别，不能解脱。"印真见持刀人也尾随而来，他把持刀人唤到身前，说："世间种种邪魔、诸般丑状都起自贪婪忿怒执着的心意，我们厌弃别人，更应当先厌弃自己。"持刀人听闻此话，向印真长施一礼，携静素明之手转身向松山方向走去。

静素明问持刀人，为何要回向松山。持刀人说："你要寻的那牛还在松山中,你莫非忘了?"静素明这才想起此来目的。他沉思片刻,便下定决心,要寻回那牛,也要解救被邪魔所制的众人。他和持刀人商量。持刀人说,想来那远麓中的巨石就是关节所在,便先去那里。静素明称是。

二人回到松山远麓。此时天已渐亮,静素明见巨石隐在一片黑雾之中。突然,有人厉声怪笑,说:"没有捉回来,却自己送来了。"静素明听声,知是虬云侯。静素明说:"你是一方山神,却沦为邪魔,难道不知报应将至?"虬云侯说:"我有何报应?倒是你杀生害命,罪行昭昭。"静素明无言以对,持刀人说:"鬼是我杀的,鹰是我杀的,人也是我杀的,与和尚无关。"静素明听闻此话,说:"并不是这样。我的心中也生起了杀意,虽是你杀的,却也与我亲自动手没有分别。"持刀人哈哈大笑,他化为牛形,将静素明驮在背上。牛口出人语,说:"我便是你的心,你此时终于看见我。"

虬云侯见静素明得见本心,气急败坏。他从黑雾中走出来,跳下巨石,挥斧斩向静素明。牛疾冲上前,与他斗在一处。角斧交加,发出巨响,声音如同雷霆。劲风乍起,飞沙走石,一人一牛斗了数合,不分胜负。虬云侯突然跳回石上,怪叫一声,唤出入魔的众人出来助阵。静素明问牛:"我能否降伏他们?"牛说:"以你的力量,不能。"静素明又问牛:"我能否杀死他们?"牛说:"以你的力量,可以。"牛问:"要杀死他们么?"静素明说:"不。"

虬云侯高喊:"便是此人杀了你们的兄弟,此时不报仇,更待何时?"众人一拥而上,用木棒打,用柴刀劈。不多时,一僧一牛就遍体鳞伤。牛驮着静素明,奋力冲出人群,来到巨石前。虬云侯手握巨斧坐在石上。他说:"你如此模样,有何力与我再战?"静素明浑身是血,一言不发。他滚下牛背,手足并用,爬上巨石。虬云侯大喊一声,挥斧砍向静素明。静素明毫不躲闪,将纷乱心意舍弃,直面巨斧。此时,无明之火从他的胸前跳脱而出,霎时燃遍全身。巨斧在火光中碎裂成数段。虬云侯大惊。无明之火映在他的眼中,现出地狱幻象,如在深渊火海。他吓得跌落石下,抖若筛糠。巨石轰然中开,其形状如同一架宝座。巨斧复原,飞到静素明的手中。静素明坐在石座上,将斧高举过顶,喊出佛号真言。他斩断众人心中的枷锁,令人从魔境中回转。众人向静素明跪谢,静素明随即入定。附近山民百姓,携老扶幼,争来礼拜供奉。如此三日,川流不息。

第三日黄昏,宗白头与印真一同出现,将静素明从定中唤出。宗白头对静素明说:"你已找到了牛。"静素明合十,向宗白头致意。宗白头要为静素明受具足戒。静素明谢绝了,他说:"我虽已找到了牛,他仍未顺从吃草。"宗白头赞许非常。此时,虬云侯倒在路旁,入魔已深,残喘将死。印真见满山邪气涌动,寻常法术已不能完全克除。印真请求宗白头将松山收在袖中,日夜镇压。元人《静江散记》中记载,宗白头听从了他的建议,并在圆寂后,将松山携入天界弥勒内院。

此事后，静素明一直没有受具足戒。宗白头圆寂前，再次提出要为静素明受戒。静素明再次拒绝。宋元迭代时，宗白头的传灯弟子仁宽灭度，此后，江南群僧公认静素明禅机第一。此时的静素明仍是沙弥。至元十五年，番僧杨琏真迦发掘宋皇六陵，取理宗头骨为法器，要往大都献给帝师八思巴。五山十刹震动，江南群僧以邪魔视杨琏真迦。他们聚会商议，要以正法降伏他，迎回宋皇头骨。

数百僧众追到淮河旁，见杨琏真迦的船队已经起锚。大家痛惜不已，在岸旁不愿离去。突然，淮水翻浪，有一枯瘦老僧骑一只大牛从浪头奔来。有人认出是静素明。静素明来到杨琏真迦的船前，令杨琏真迦交出头骨。二人一番交谈，杨琏真迦竟然轻易就交了出来。静素明回到岸旁，将头骨示意群僧。群僧赞叹不已。以静素明为首，诸僧在淮河旁再次为理宗超度，这就是所谓的"五百比丘追帝骨"。

此事后三年，静素明圆寂。圆寂前，众人环绕在他的身侧，请他留下法偈。静素明说："食矣！"那牛吃草了。

静素明圆寂的消息传到大都，元帝下旨，追赠帝师、赐法号，施中帑为之起塔供奉。塔铭中再次记述淮河上诸事。杨琏真迦小视汉地群僧，对静素明言谈无礼。静素明作狮子吼，现出牛首人身法相，九面三十四臂，手中振举巨斧，摇动金铃。杨琏真迦以为大威德金刚显现，顶礼膜拜不止，匍匐乞饶。

静素明以沙弥身份，没有收一个弟子，也从未公开说法，却被尊称为"狮子禅师""金铃禅师"和"沙弥禅师"。洪武初年，声称自己为静素明传人的，没有一个是真的。即使是这样，太祖高皇帝追怀静素明禅师，仍然封这些和尚为僧官，可见其声威隆盛。

# 法 脉

析空，俗家姓氏不考，传说是浚仪人。他生于宣和初年，建炎二年受沙弥戒，随即受具足戒和菩萨戒，一生行迹少出徽州。淳熙年间，他遗袈裟于西干山诸天阁中，从此不知所踪。

他的师父是神僧宗白头。乾道九年，宗白头在明州圆寂，传法给析空的师弟仁宽。宗白头座下诸弟子多有不服，他们大多以为析空会传承法脉。析空却不以为意，并且常常喝止言辞逾越的人。

乾道年间，析空发愿，要在水西寺后兴建一座佛阁。徽州参军张青之母笃信虔诚，张青奉母亲之命来拜见析空，说愿意尽一切所能助析空修建佛阁。析空说，此阁倚山而建，广十八丈，高三十五仞，塑二十八天十万诸神于其中，为佛陀护法。张青听罢，目瞪口呆，他说："大师莫非要修天宫不成？"析空微笑不语。

淳熙元年冬，金国皇帝派遣使者来宋。使者向宋皇转述了金皇的一个梦。一日午后，金皇在中都鱼藻池畔小睡，梦中有十六名僧人出现。

他们身穿锦绣袈裟，手持金银法器，向金皇行礼。其中最年长的和尚代众开口，说他们是歙地的僧人，离家已近三百年，今日乞求放还。金皇说："莫非因供奉不足？莫非因侍奉失礼？"老僧都否认，他说："只因故土起了一座诸天阁，似是我等法灯的归宿。"说完，十六僧就消失了，金皇也从梦中醒来。他召来宰相商议此事。宰相说，这十六僧是十六罗汉，宫中藏有诗画僧贯休游历徽州歙地时所绘的十六罗汉图卷。金皇恍然大悟。他令人取出图卷验看，图中诸尊者果然与他梦中所见一般无二。他下旨令人来宋国，要将图卷送还歙地诸天阁。宋皇听闻这是罗汉示现，郑重非常。他沐浴斋戒后，才展开图卷观看。图上十六罗汉神态庄严，尤其是首座宾度罗尊者相貌朴拙，绝尘超凡。宋皇大喜。他旋即下旨去歙地查访诸天阁。

半个月后，徽州知州孙放鹤上奏，称歙地查有佛寺尼庵凡一百十五座，并没诸天阁。金使在宋皇御前失态，说南朝不敬佛祖。宋皇震怒，召来宰相茹亶望，令他将孙放鹤革职，由他主持再查。茹相之孙茹楠曾任徽州通判，他熟知徽州风土政事。他对祖父说，确实没有诸天阁。茹亶望令茹楠亲往徽州，遍寻群山，务必找到诸天阁。茹楠感到此事棘手。茹楠之弟茹林正是天真少年，此时在文思院中任个闲职，他听闻此事后，说："有便罢了，没有就与他建一座。"工部诸人虽笑他幼稚可爱，但觉得也只有如此。

淳熙二年仲夏，茹楠以提点江南东路刑狱之职来到徽州。他先拜访好友析空，向他打听诸天阁的事情。析空对他说："今日不见，明日便见。"茹楠不解禅机。第二日，他又访析空。弘治年重修诸天阁碑记载了茹楠初见诸天阁时的感受："峻脊耸峙于万山之上，俯瞰千松如短蓬。"茹楠震惊不已，他问析空为何一夜之间，能起如此恢宏楼阙。析空说此阁修建已有数年，只因昨日山雾浓厚，茹楠故而未见。茹楠不信，却也不想深究。

茹楠回到临安，如实禀奏宋皇。此时，徽州各处皆有奏报给宋皇，说百姓相传，修建诸天阁的是阴曹鬼卒和水府龙兵。宋皇大喜，认为析空就是罗汉法灯的传人。于是，他下旨差右仆射谢坤亲去徽州迎接析空来临安面圣。

宋宗室赵彦卫在《云麓漫钞》中记载，谢坤见析空时，起初传旨、谈话神态如常。后来谈得兴起，析空说起从前在东京开封时往事。谢坤见他面貌不过三十如许，略感诧异。最后，析空说他与谢府有旧，六十年前常来常往。谢坤已然跌倒在地，他认出析空昔日身份，震惊失仪。析空对谢坤说："我去临安会见到许多故人，我不想与他们相认，还要谢小郎助我周旋。"谢坤无不答应。

初秋时分，析空乘船从水路来到临安。两岸百姓听闻罗汉显灵，见析空船头有皇家礼佛旗幡，以为析空便是罗汉，争相供奉，盛况空前。析空从临安余杭门登岸，走御街，进宋皇宫殿，分别觐见太上皇帝、太上皇后、宋皇、宋后。四圣在宫中为析空设斋宴，金使也受邀在席中。

金使见析空年纪轻轻、白面清瘦，不信他有高深修为。他故意说："那和尚，你怎知你便是罗汉所示的传人？"析空说："我也不知。"金使说："你既不知，怎么敢来迎接罗汉圣驾？"宋皇见他傲慢无礼，深感不悦。析空说："你要如何？"金使说："你何不请罗汉出来？"析空哈哈大笑，说："我不过一个寻常和尚，怎能请动罗汉真身？"茹相和谢仆射出来圆场，他们向金使祝酒，愿两国同受佛佑，永息刀兵。金使淡淡回应，不置一词。宴席不欢而散。

次日，由皇家报恩寺方丈素能四水禅师主持罗汉图交接的典礼。金使在宋皇面前依次将十六卷展开，竟见每一卷题跋章印皆在，尊者圣影却是一片空白。金使汗如浆出，顿时语无伦次。宋朝君臣莫名其妙。素能四水出家前曾是山间霸主，他性情豪爽耿直。他对金使说："罗汉性情爽利，等不得你，已经去那阁中了。"众人这才恍然大悟。宋皇大喜，要封析空作国师，留在临安。析空坚辞不受，请求立即回转徽州。金使心中仍有疑惑，也要求同往。

析空离开临安时，比来时仪仗更盛。船头挂两朝敕命旗号，船队迤逦十数里。金使来到徽州，直至诸天阁中最上层，见到十六罗汉法像显现在粉墙之上，始信无虚，对析空敬佩得五体投地。他在徽州盘桓数月，令人描摹西干山两岸风景，将水西十寺、风土人物都记入画中。后来，金皇见到此画，叹道："海陵王之愿，我之愿类也。"海陵王有纵马江南的愿望，我的愿望也相同啊。

此后，析空之名响彻江北江南，一度盖过其师宗白头。淳熙年间，有好事者，搜罗故纸，翻掘旧闻，考据析空生平。有说析空是后周遗脉，也有说析空是孔圣子孙，更有人说析空是宋祖苗裔。析空觐见宋皇后，没有多久就突然失踪。知州上报朝廷。宋皇下旨查访，但毫无消息。后来太上皇帝驾崩，宋皇禅位，也就无人再过问此事。据说，最后一个见过析空的，是茹相之嫡孙茹林茹六郎。

茹林之父是兵部侍郎茹成，他曾奉宋皇命主持宋金和议，被士庶骂作国贼。茹成不以为意，反而欣慰，认为民众有义，国家不亡。乾道二年，他被激愤游侠刺杀在家中。乾道九年，茹楠将元凶阿七围困在齐云山中，茹林亲手将他射死，得报血仇。此后茹林出仕，任在文思院监事。茹楠通判徽州时，茹林养在他的身旁，在幼时便结识了析空。二人的感情真挚深厚，超过了析空很多重要的法嗣弟子。

淳熙三年，茹林因忤政受到弹劾，被削职。他再次来到徽州，至水西寺诸天阁，拜访析空。此时茹林几乎已经长成，但究竟是少年。他身材颀长，眉目柔软。析空见到他时，非常高兴。茹林却神色黯淡、意气消沉。析空有他心通，能知人心意。他见此情形，颔首不语。茹林害怕析空会错意，连忙说："和尚若以为我是因为被革职而不快，那么和尚就错了。"析空称是，他已经知晓了一切因由。茹林接着说："我杀死了仇人，我并没有因此而得到解脱。"又说："父亲如果还活着，会对我有失望和不满。"析空问他："六哥觉得有何失望？有何不满？"茹林摇头，表示不甚知晓。

二人对面枯坐许久。诸天阁外，风吹过练江，抚过山巅的叶和雄鹰的细羽，将远处的牧歌和渔唱带来。析空开口说："六哥想知道么？"茹林望向他，见他眼中深邃如夜。茹林感到害怕，不敢答应，也不敢否认。析空站起身。他身侧的墙上，十六罗汉横眉怒目，直见人心。析空说："不能解脱的都是自以为刚强却其实怯懦的心。"茹林落下泪来，他不得不承认自己便如析空所说，他恳请析空指点他，告诉他真知和答案。析空说："我也不能确定答案，也许解铃还须系铃人。"他面向宾度罗尊者之像，对尊者说出自己的心意。片刻之后，他对茹林说："尊者已经告诉了我方法，但艰难又充满危险。六哥一定要知晓那个答案么？"茹林确定。析空说："那么六哥在这里等我，我去去便来。"茹林惊讶，他说："难道不是你我一起去么？"析空满怀慈悲的心意，他说："我要去的地方在六道之外，我要去见的人被强大的业力囚禁在轮回的缝隙里。六哥还要去么？"茹林生出胆怯，他试探析空，说："和尚能庇护我么？"析空摇头，说："我并不敢承诺。"茹林略一迟疑，析空已然转身，准备出发。茹林大急，他喊道："和尚便不能容我思索片刻么？"析空回过头来，冲他微笑。茹林终于鼓起勇气，他对析空说："父亲若在此，定会要我前行。"

诸天阁中的日光暗了下来，宾度罗尊者之像消失，那墙上出现了一扇门。析空推门而出，茹林紧随其后。门外不是凌空高处，却是一片黑暗。茹林心中生出恐惧，他听见黑暗中寒风怒吼鬼哭狼嚎。析空怜悯他，就从怀中拿出一支笔，让茹林来写个"灯"字。茹林凭空写个"灯"字，那字就亮了起来。这团亮光浮在茹林面前，令他稍稍安宁。

二人不知走了多久，四周除了黑暗，毫无一物。茹林的戒心放了下来，他不再害怕，开始逗引析空说话。析空却一直非常警觉，他告诉茹林，这黑暗中有许多魔物，劫劫生生被业力镇压在此，强大又充满了恶意。他们要平息心绪，减少交谈，以免惊动魔物。可是茹林毕竟年少，他并没有将析空的话当真。他感到行程无聊，心中胡乱思忆，想起世间事物。析空用他心通感知到了，但阻止茹林为时已晚。

突然，迎面走来一个瞎子，他以杖触地，神情凄苦。他走到二人面前，对茹林说："我失去了双目，你能否给我？"茹林说："我给你，我不就没有了么？"瞎子挥举手杖要打茹林，说："世人无明，要眼何用？不如给我，看个清楚！"析空伸出一指就将瞎子定住。瞎子怪笑连连，说："你本领再大，在此敢动我分毫？"析空让茹林用笔在瞎子盲处写上"目"字，瞎子顿时被赋予了双眼。瞎子复明后失语，忽然放声痛哭。他问析空："为何我如世人一般，能见万物却只见黑暗？"析空不应他，领着茹林继续向前。他对茹林说：

"那魔物就是你对黑暗的恐惧之心召引而来。"他感到前途凶险,但并没有对茹林直说。

又走了一段路,忽然黑暗浓密起来,如重负挂在肩头背上,令人行走吃力。灯光越来越暗,如一豆,随时会熄灭。茹林累得气喘吁吁,心中的恐惧越来越大。他对析空说:"和尚让灯亮些吧。"析空的声音嘶哑痛苦,他说:"此间魔主已经来到我们的身侧,我正在全力与他周旋,无力再维持亮光。"说话间,那最后一点光也消失了。茹林被黑暗所束缚,动弹不得,他惊呼道:"和尚救我!"析空的声音忽远忽近,他说:"我誓将业与定业、缘与无缘、信与不信并阻于此!"茹林感到黑暗中有人推他一把,他从束缚中挣脱出来,向前狂奔。

跑出不知多远,忽然黑暗中有了些光。茹林忽然想到析空还陷在那一片黑暗中。他天性善良优柔。他为析空留他一人独行,感到忧伤无比,一时间,又觉得析空是早有预谋,故意如此。和尚似从没有真心助他。片刻之后,他为自己居然怀疑析空的品格感到羞愧。他忆起析空过去诸般好处,此时却生死未卜,更加无地自容。他浑浑噩噩,向那亮光处走去。

走到无路可走,来到一处悬崖。悬崖下是一片沸腾的血海。烈火在血海上熊熊燃烧,人畜的尸骸在其中翻滚,不可计数。他的身后,有人说:"那是血池地狱的幻影。"茹林应声回头,见一人胸中有一窟窿，满身血污，站在他面前。他认出那人是刺客阿七，失口惊呼。阿七说："你莫要害怕，我并无恶意。"说罢又示意茹林看他双脚，他的双脚被生铁铸在地上。茹林强忍心中惧意，问："你为何在此处？"阿七说："曾有人算我寿命无尽，却没想来到这不生不死的地方。"说完叹口气，又说："我便想入那血池地狱也不能，在眼前也远在天边。"茹林见他蓬头垢面，心中生出怜悯。他对阿七说："我后悔将你杀死。"阿七说："我也后悔杀死你的父亲。"茹林很惊讶，他问阿七原因。阿七不再言语，他长长地望向血海幻影，陷入沉默。

过了许久，阿七说："当初我愚蠢可笑，以为世上的正义非黑即白，不能理解你父亲的胸襟。如今想来，他令我敬佩不已。"茹林在黑暗中笑起来，他说："我也曾愚蠢可笑，我以为杀死你是报仇。"他对阿七说："我想助你离开。"阿七说："业力化作生铁将我的脚铸在地上，你又能奈何？"茹林想起父兄的教诲，心中突然涌出豪迈之情。他铆足力气，用双掌双肘撞击生铁，直撞得浑身青紫、破裂流血也不停。阿七大喝一声，令茹林停下来，他说："你的心意我已然知晓，我从未怨恨过你。曾有个骑鹿的老僧来过此地，他和我说，百年后自然有人救我。"茹林细问那老僧的长相，知道这是宾度罗尊者。他此时醒悟。他已见到系铃人，答案已经找到。他想起析空还不知所踪。他郑重地向阿七道别，与阿七约定解脱之日再见，然后就走入黑暗中去。此时，他的心中再无恐惧。

茹林在行走，四周的黑暗纷纷避让，像被拨开一般。他感到如同有人在为他引路。走没有多久，他就看见了析空。析空此时面容衰老枯萎，如同朽木。他招手，示意茹林走近。茹林看到这一切，并没有太惊讶，却感到忧伤。析空感知到了，他说："六哥不必忧伤，生老病死本就要经历。"他问茹林："六哥找到答案了么？"茹林点头称是。析空笑道："那便好。"

茹林继续向前，他唤析空快和他一起回返。析空摇头，说："我还未完全平复此间魔主的恶意，还不能走。"茹林这才知道析空想留在此地，他震惊不已。他一而再、再而三地劝析空。析空说："因缘指引我陪伴六哥至此，必有深意。"茹林知他心意已决，再劝无用。他含泪与析空道别，说自己再难寻得如析空般的良师益友。析空说："六哥回到世上，可承我之名，以戒为师，以万物有情为友。"说完，析空深望茹林一眼，就跏趺坐下，进入禅定。

茹林也深望析空一眼，一转身，就脱离了黑暗，回到诸天阁中。此后，他不再出仕，转而游历四方，播种福田。

茹林后来得享高寿，在一百二十岁时断舍出家。受三戒时，众人敬仰他一生功德，无人敢做他的戒师。传说，析空从异界中回返，亲自主持戒典，并将自己的法号授予他。此后，水西寺世代有僧人延用"析空"之号，至近世不绝。

# 附录

## 绝命书

慕原吾弟亲鉴：

　　自淮上一别，不觉匆匆数载，朝夕寄挂，绵亘心间。我去家十有七年，唯赖贤弟奉孝慈严，关怀桑梓。而后甲子蹉跎，亦复赖也。揆此，凡千万言于心，难达一二。今永诀在即，溯取稚童往事，兄友弟悌，花萼芳春，不胜感慨。嗟夫！来日无多而去日竟绝。蒙塾始训，垂髫并读，其声犹切切于耳。赤子元心，竹马共驾，其状犹历历在目。故土山川日月，万古不改苍颜朱色，而千里常照卑躯鄙怀。呜呼！悲从中来。

　　我宦游多年，冯藉沉浮，辗转荣辱，进退得失，一哂而已。任由形骸放浪，惟从天地躬诲，自问已纵心无碍，窃以为得窥光明。

奈何！四野阴霾，彼之光明，犹微烛之火，徒增笑耳。

十七年，闯贼逆乱，社稷崩殂。旋尔，鞑靼马入关山，僭假天命，觊觎华夏。刀剑杀伐，山河破碎，长城须臾变色。河南河北山东山西，尽可畋猎游戏。今上监国南京，天下呼应，固可约束故臣，倚赖江淮，号令南中，效晋、宋之故事，维系国运，以图将来。

许定国北拒中原，左良玉西卫武昌，高杰驻徐州，刘良佐驻寿州，刘泽清驻淮安，黄得功驻庐州，翼卫龙庭，环拱应天。加之民心向我，窃以为，蛮夷纵有奸猾血勇，未央当固若金汤。岂料群佞比天子兵马于家奴，党同伐异，弄权玩术。许弃战而降，左兵迫宸宫，四镇未攘外辱而折戟，豕分蛇断，皆去也。恨哉！国运将尽矣。

我醉生扬州数载，忝居牧守，遍览丰腴锦绣，尽听薄幸浊名。簪花骑马、狎妓泛舟，乃销虚无岁月。轻吟浅唱，斗鸡走狗，不问寒暑春秋。以无为恰对末世，闻丝竹可忘饥苦。非我不明不知，非我不辨不行，奈何腐弊丛生，朽入骨髓，医者身死，不医偕亡。至有今日，气数使然。唯叹扬州富庶，乞丐流民尚可果腹，小康之家室有盈余。杀伐且起，二十四桥柔波小月，数百年繁华经营，横毁便在眼前。富者无全其家，而贫者难保其人。

世人皆云，自史公以下，扬州无分妇孺，皆存死志，以全令名。窃观之，朝廷命官、乡绅宿老、儒生士子背战逃城者，不可数也。

而有寡妇荷食、屠户行伍、倡伶捐输。夫礼失而求诸野。方知古圣诚不我欺也。

酋首多尔衮狼心四海，今十万甲近迫江南。目下樊屏皆去，扬州乃淮左都会，应天门户，料其必全力克之。十里之外，多铎之兵声可闻也。围而不攻，是为邀买人心耳。史公忠毅，不为荣华所动，必同城生死。蛮夷妄念一绝，血战即至。

老仆茹宝随佐多年，不忍其命丧于此，故令其持此书信来见贤弟，望善待之。

辛巳年，尝得一禅门秘录，托高僧析空名。略之，竟述及远成三祖嘉木公、方行六祖双树公往事。余简其趣者，摘尽謷牙，铺陈直述，录下话本十二，名之《析空茹氏钞》，付茹宝一并携至。书中多云宋末往事，人鬼交杂，忠奸群像，大类当前。抚叹之，尧舜日短，桀纣年长。今之叹昔，后来者犹可复叹今矣。大母偏喜听书，贤弟可令人习说之，春晖难报，略全也。吾母羸弱，病榻长年，汤食衣用，望弟眷之。

蛮夷势大，挟藏升龙之相。若其竟而登临庙堂，必伴怀天下士儒。弟乃嫡子，祧祀宗祠，兼之未仕，不必效我愚忠，可委蛇之。

昔蒙古陷宋，有沙弥尝问六祖，为何天地不止刀兵，莫非佛菩萨不仁？六祖谢之。

往宋之荒唐，犹今朝之糜烂。及至生死，方知天数运转，循环反复，均而不倚。

我亦尝计去也。奈何凡夫寄身于天地，难秉光明于须臾。今，天以须臾示我，安敢不惜之？知其为与无为，君子也。前四十年我以无为而为之，今以为而为之，庶几以证光明。

狂风业火，无常矣。

四月十八，扬州浮园，愚兄茹慕川绝笔